講談社文庫

天山の巫女ソニン　巨山外伝

予言の娘

菅野雪虫

講談社

目次

～半島の地図～
N
コザン
巨山
王宮
てんざん
天山
カンナム
江南
王宮
ソニンの村
サイ
沙維
王宮

はじめに

北の大陸から南の海へと手を伸ばすように突き出た半島に、三つの国がありました。

一番南には、豊かな海と温暖な気候に恵まれた〈江南(カンナム)〉、その隣には美しい四季のもとに勤勉な民(たみ)が暮らす〈沙維(サイ)〉。

そして一番北にあったのは、広大な草原と森の国、〈巨山(コザン)〉でした。

巨山は一年の半分は雪が降り、冷たい北風にさらされる、厳しい気候の国でした。しかし、そんな厳しい土地で生きてゆく人々は、工夫(くふう)を凝(こ)らし、団結し、さまざまな物事を記録し研究するようになるものです。銀や鉄、また鉱物が豊富に採れることもあり、巨山の農具や生活器具は、目覚ましい進歩を遂(と)げました。冬を過ごす建物は頑丈で快適になり、食料を保存する技術は進歩し、詩歌(しいか)や物語や舞台劇といった文化も花開きました。

そうした文明や文化は隣国に伝えられ、二つの国の人々を驚嘆させました。

そしていつからか巨山の人々は、自国の技術と文化を「三国一」と誇るようになりました。

これは、そんな北の王国に生まれた、一人のお姫さまの物語です。

一　誕生

白い草原を、切り裂くように冷たい風が吹き抜けてゆきます。

乾ききった草の葉はうねり、ちぎれて吹き飛ばされ、木々の枝は大きくかしいでいました。何もかもなぎ倒していくかに見えた強い風は、草原の中央でさえぎられ、天に向かって吹き上がりました。

そこには巨大な石と木と鉄で造られた建物が建っていました。

それは、この北の大地に住む人々が、厳しい自然と闘い、長年の努力の末に築きあげた技術の結晶でした。

建物の天辺(てっぺん)には、この国を治める王の部屋がありました。その下の階には王に次ぐ身分の人々の住まいが続き、さらに下には家臣たちの働く部屋が何層にも重なっていました。

地下の炉で暖められた空気が巡る建物は冬でも暖かく、外の人々が毛皮をまとい、首をすくめて行き交う季節も、薄着で過ごすことができました。この頑強で豪華な城は、もうすぐ新しい命を迎えようとしていました。

その日は朝からよく晴れ、城の窓を開けると、風とともに城壁を取り囲む人々の声が聞こえてきました。

城の中は、大勢の人々がそのときを待ち望む、祭りの前のようなざわざわとした空気に包まれていました。

厨房からは、人々にふるまわれる餅菓子を蒸す、湯気と甘い匂いが流れてきます。米の粉で作られた餅は、豆や栗や南瓜、胡麻に棗に松の実などが練りこまれたものや、蓬や山梔子や五味子で色をつけられた虹色のものもありました。昨日から大勢の人々が休みなく働き、竹のせいろからは絶え間なく湯気が上がり続けているので、真冬の厨房は、春の雨上がりのような、しっとりとした暖かな空気で満ちていました。

「いやあ、めでたいめでたい」

太った年配の料理長は、流れる額の汗をぬぐいました。

「ご成婚から十年目にして、初めてのお子さまだ。これからもっと人が押し寄せるぞ」

「初めてといっても、もうご側室には……」

と、若い副料理長はつぶやきましたが、料理長はそれを睨(にら)みつけました。

「何言ってるんだ。今度は王さまと正妃さまの子なんだ。他とは違うよ」

副料理長は首をすくめ、若い他の料理人たちは目配せしあいました。サーラ王妃はやや神経質で、材料や味つけへの注文が細かく、そのわりに気分次第で膳に箸もつけずに突き返すこともありました。

また、料理長といった肩書のある者には優しい配慮を見せましたが、それ以下の者には「おまえではわからない」「しょせん下の者では」と言って、あからさまに態度を変えるので、表立って悪く言う者はいないものの、好かれてもいなかったのです。

料理長にもそれはわかっていましたが、

「やはり王妃さまは王妃さまだ。それに……昔はああじゃなかった」

と、ぶつぶつつぶやきました。十年前、まだ王子だった王との華やかな婚礼の日、祝いの料理を作ったのは、この料理長でした。二十歳(はたち)になったばかりの花嫁は美しく、国一番の学者の娘で王立学院を出ているとあって、知性と聡明さを感じさせました。

（この人は、そこらでお喋(しゃべ)りばかりしている、飾りたてた娘とは違うぞ）

料理への細かい注文も、凝り性の料理長にとってはかえって発奮させられるものでした。王はあまり好き嫌いがなく、文句もありませんでしたが、腕をふるいたい料理長には少々物足りなかったのです。苦心して材料を手に入れ、工夫と研究を重ねた料理が「美味(おい)しかったわ」と王妃に褒められると、料理長は他では味わえない達成感を覚えるのでした。

　しかし、十年という月日は、聡明な娘を変えていました。

　巨山王(コザンおう)には、正妻の王妃の他に、三人の側室がいましたが、そのうちの二人には三年前と二年前に男児が生まれていました。

「わたしも絶対に男の子を!」

　とあせる王妃は、そのために、あらゆる努力を惜しみませんでした。体を温め、食べ物に気を配り、適度な運動を怠らず、専門の医師の指導を忠実に守っていました。

　しかし、なかなかその努力は実りませんでした。隣国の沙維(サイ)や江南(カンナム)では、すでに後継ぎの王子たちが誕生しており、そのことがさらに王妃の焦燥に火をつけました。

　今年の春、ようやく子どもを授かったことがわかった王妃は、万が一のことがあってはならないと一歩も城の外へ出ず、食べるものも厳選して細心の注意をはらいました。つわりで気分が悪くなることもあり、料理に対する要望は前にも増して厳しくなりました。季節外れの果実や魚を求められたり、少しでも注文と違うものを出せば激昂されたりと、厨房の人々は戦々恐々としていました。出産の予定日が近づくにつれ、

「とにかく早くお子さまが生まれてほしいよ」

と、料理人たちはびくびくしていたのでした。

そしてついにこの年の終わりも近づいた冬の日、よく晴れた空に太陽が高く昇るころ、厨房の人々はかすかな赤ん坊の泣き声と、

「お生まれになったぞー！」

と言う声が城中に響きわたるのを耳にしました。

厨房にも飛びこんできた王妃の侍女に、

「どっちだ？」

と、料理長が聞きました。

「王女さまです！」

息をはずませて答える侍女を前に、厨房がしんとした空気に包まれました。しかし、

「そうか、どちらでもめでたいめでたい！」

と言う料理長の大きな声に、人々は再び動き出しました。

「さあ、祝いにきた人々に菓子を配るぞ」

料理長はそう言って、他の料理人たちの肩を叩き、重いせいろを持ち上げました。


やっと外に出られたというように、しわくちゃの体を伸ばす元気な赤ん坊を抱き上げ、乳母は目を細めました。

「見てください、王妃さま。赤ん坊なのに、この高い鼻。王さまにそっくりですよ」

王妃は何も答えませんでした。乳母が王妃の胸にそっと赤ん坊をのせると、抱かれなかった赤ん坊の体は滑り落ちそうになり、慌てて乳母は手を伸ばしました。

「お疲れのようですね。では、あちらでわたしが白湯をあげておきます」

乳母はそう言って、隣の部屋に移りました。窓から寝台に射す日の光が、やがて夕暮れの色になり、暗く消えていっても、王妃はうつろな目を見開いたまま動きませんでした。

そして、初めての王女誕生の知らせを聞いた王は、

「女か」

と言ったきり、最上階の自室で政務を続け、赤ん坊を見にくることはありませんで

した。

　王も王妃も、王子の名前しか用意していませんでした。三日後、王はやっと、王女にイェラと名づけました。

　イェラ王女は、乳母の手ですくすくと育てられました。しかし、乳母がいくら、

「イェラさまは、なんて賢そうなんでしょう。日に日に王さまに似てくるようですよ。ねえ、王妃さま」

と話しかけても、イェラの母である王妃は、あれだけ待ち望んだ初めての子に関心を示しませんでした。おざなりのようにお乳はあげるものの、それが終わるともう疲れたと言って、すぐに乳母に返してしまうのです。そして、ただ寝台で横になる日々が続きました。

　新しい年が明け、イェラ王女が生まれて一ヵ月ほどたったころ、巨山王の三番目の側室に王子が生まれました。それは二年前に城にやってきた、まだ二十歳になったばかりの側室の初めての子どもでした。三人目の王子の誕生に王は喜び、すぐに祝いの品を持って訪ねていきました。それを聞いた王妃は、

「あんな、無教養な田舎娘のところに……！」

とつぶやくと、一月ぶりに寝台から起き上がりました。そして心配する乳母に、

「すぐに、この医師を呼んでちょうだい」

と、一通の手紙を見せました。王妃のもとには、国中から「わたしが診てさしあげれば、必ず男子が――」という手紙が来ていましたが、なかにはあやしげなものもあり、乳母は心配していました。今回の手紙にも、「わたしの処方した秘薬をもってすれば、必ずお世継ぎさまを――」などとあり、

(男か女かなんて、天が決めることだわ。どちらだって可愛い赤子に変わりはないのに。この手紙の主は、大丈夫なのかしら?)

と案じた乳母は気が進みませんでした。すぐに動き出さない乳母を見て、王妃は苛々したように言いました。

「どうしたの、早くお行き!」

青白い顔で扉を指さす王妃に、乳母は思いきって進言しました。

「あの、王妃さま。失礼ながら次のお子さまは、もう少し、お体の調子がよくなってからのほうがいいのではありませんか?」

「いいから早く!」

「…………」

乳母は黙ってイエラを抱いたまま、頭を下げ、部屋を出ました。

それから二月後、乳母は半日休みを取ると、絹のおくるみに包んだ赤ん坊を、毛皮を敷いた籠に入れて、こっそりと城を抜け出しました。その日は先日手紙を出した「評判の名医」が来ており、上機嫌な王妃は乳母とわが子がいないことに気付きませんでした。

城のまわりは、たくさんの家や店が密集する、大きな街になっていました。どの国でも、王の住まいのまわりに人々が集まるのは同じですが、その建物が沙維や江南ではせいぜい二階建てなのに対し、巨山では三階建てや四階建ての建物があたりまえでした。異国や巨山の地方から訪れた人々は、必ずこの高層の住居が立ち並ぶ様子に驚き、それを見た王都の人々が、

「見ろ、あの呆けた顔」

「あれはきっと異国の者か、田舎の出だよ」

と笑うのが常でした。

城の裏口から出た乳母は、高層の建物の階がやや低くなる、中心部から外れた界隈へと歩いてゆきました。

街はまっすぐな通路で大きく碁盤の目のように区切られていましたが、それをまた区切る細い道は曲がり、ゆがみ、さらに空中でも渡した板や吊り橋でつながり、蜘蛛の巣のように複雑になっています。そのなかでも、小さな店がぎっしりと立ち並ぶ、裏町と呼ばれる雑然とした界隈に、乳母は入ってゆきました。

右から左から、ときには上から、客を呼びこむ声や、怒鳴り声や泣き声といった喧噪が聞こえます。しかし、籠に入れられた赤ん坊は、ぐっすりと眠っていました。

「こんなうるさいところでも、姫さまは寝ていらっしゃる。ほんとに胆の据わったお子だわ」

そんな独り言をつぶやきながら、乳母はぎっしりと並ぶ木の扉の間を歩いてゆきました。扉にはみな、店主の名前が書かれていたり、靴や鍋や刃物といった、その店で扱う商品を描いた看板がかかっています。乳母はそれらの店のなかから、一軒の店を見つけ出しました。

その扉には、店の名も、扱う商品の名もありませんでした。ここへ来るお客は、顔なじみかその紹介で来た者なので、もう、どんなものを商う店だかわかっているからです。乳母は鍵のかかっていない扉の取っ手に手をかけました。ぶきしみながら内側に開いた扉は、どん、という音がして木箱にぶつかりました。

つぶつ言いながら、乳母は半分ほど開いた扉に体を滑りこませ、「よっこらしょ」と籠を店の中に入れました。

　中は狭い小さな店ですが、両壁の書棚からあふれ出した本が、床に無造作に置かれた木箱に入れられています。そしてそこからもはみ出した本が、さらに床に積み上げられているので、奥までの数歩の距離を行くのが一苦労でした。

　乳母は、本の山の向こうに声をかけました。

「こんにちはー」

　中からは返事はありません。しかしもう一度呼ぼうとすると、返事ではなく、店の主（あるじ）そのものがごそごそと出てきました。

「いらっしゃいませ……ああ、あんたかい」

「久しぶりだね」

　乳母はにっこり笑いました。なじみの占い師に会うのはほぼ一年ぶりです。去年の春、「王妃さまに生まれる子は？」と聞いて、「女だよ」と、あっさり言われて以来でしたが、もちろん、そのことは王妃にも誰にも話していませんでした。

　占い師は、乳母の持つ籠をちらっとのぞいて、笑いながら言いました。

「なんだい、その子は。まさか噂の王女さまじゃないだろうね？」

「何言ってるの。一国の王女さまを、こんなほこりだらけの汚いとこに連れてこられるわけないだろ」

乳母はとぼけて言いました。

「汚いとは失礼な。そりゃ、ちょっと片づいてないかもしれないが……おっと」

占い師は雪崩のように崩れ落ちてくる本の山を支え、乳母は本が赤ん坊の頭に当ったっては大変、と店の中で安全な場所を探しました。

結局、占い師の机にのった本をかきわけ、その隙間に乳母は籠をのせました。

「さあ。見ておくれ。預かってきた親戚の男の子だよ。あんたが王女さまの誕生を当てたってことを話したら、『ぜひ見てほしい』って頼まれたのさ」

乳母は用意してきた言葉をすらすらと並べたてました。

「ふうん。どれどれ……」

占い師はよく磨いた円い玻璃の板を片目にあて、眠る赤ん坊の顔をのぞきこんだとたん、

「おお！」

と叫んで、目を輝かせました。

「なんだい？」

「こりゃ、男らしい！　いい面構え（つらがまえ）だ」

占い師はほれぼれするようにつぶやき、赤子の額のあたりを指さしました。

「ホラ、ここ。太い眉はつながってるし、うっすらとひげも生えてる」

「ひげだなんて失礼な。産毛だよ」

「だが、ひげみたいに見える。こりゃあ堂々とした、いい顔になるだろうな」

にこにこと赤子の顔を眺めていた占い師でしたが、何度も角度を変えて玻璃でのぞいているうちに、目の色が変わってきました。

「これは、すごいぞ……」

占い師の様子に、乳母はあらためて赤ん坊の顔を見ながら聞きました。

「何がすごいんだい？」

「こんな強い運を持つ子は初めて見た」

「強い運？　そりゃ、いい運ってことなんだろうね」

「まあ、そうとも言えるが……幸運と強運は違うもんだよ」

占い師は、「う～ん」というように腕組みしました。

「なによ。はっきりしないね。いい運なのかい。そうじゃないのかい？」

「まあ、待て待て。こんな運命を持つ子は、そういないよ。この子の運は、ちょっと得をするとか、クジに当たるとか、そんなもんじゃない。もっと凄まじく、浮世離れした人生なんだ。俺も長年この仕事をしているが、珍しい、今まで見たこともない星の下に生まれているよ。この子の人生の前半はね、なんとも絶え間ない戦いの星だ」

「戦いだって！　そんな、この子は……」

女の子なのにという言葉を、乳母は慌てて呑みこみました。

「ああ。だが、大丈夫。戦いといっても、なにも剣と剣をぶつけあうような戦いばかりじゃない。いや、そんなことも、ときにはあるかな……。まあ、それに、この子は負けないよ。どんなことにもつぶされない、強い運を持っているからね。こりゃ楽しみだ」

「…………」

帰り仕度をしながら、乳母は占い師に一枚の銀貨を渡しました。

「そうだ。ついでに占っておくれ。王妃さまに、これから男の子は生まれるかい？」

「おいおい。別な人間を占うなら別料金だぜ」

「そう言わずに。ちょっとぐらい、いいだろう？」

チッと舌打ちしつつ、占い師は腕組みして言いました。

「生まれないよ。あの王妃に、男は生まれない」

「なぜだい？　どうやってもだめなのかい？」

「無理だね。俺が見るところ、何かこう……強く望みすぎて、望んだことよりよけいなものが寄ってきちまってる。そんな感じだ」

「そうかい……。ありがとうよ」

乳母は占い師に、銀貨をもう一枚渡しました。二人分の料金を受け取った占い師は、

「まあ、気を落とすことはないと伝えてくれ。あのイェラとかいう王女さまの運も、その赤ん坊に劣らずいい運なんだぜ」

と言いました。

「そうなのかい？」

「そうだよ。直接顔を見たわけじゃないからはっきりとは言えないが、生まれた日の星まわりは悪くない。他の星との巡り合わせ次第で、けっこう成功する運だな」

「けっこう成功するって、どれくらいだい？」

「たくさんの人を従える星だね」

「なんだ」と、乳母は拍子抜けしました。

「そんなの、王女さまなんだからあたりまえだよ」

「いや、だが不安定なんだ。これからどんな星の影響を受けるかで、ずいぶん変わってくる。いい星が、ちょっと遠くにあるのが難だな」

「遠く？」

「そうだ。あの王女さまは、なるべく遠くに出して、たくさんの人と出会わせるがい い。城の外、都の外、できれば国の外。それで運が開けてくるよ」

「わかった。遠くにね」

乳母は抱えた籠を見ながらうなずき、店を出てゆきました。残された占い師は、崩れた本を片づけながら、「あ」とつぶやき、一、二、三と指を折って数えました。

「チッ、結局、二人分で三人占っちまったよ」

悔しそうに占い師は言いました。

二　星と少女

巨山国（コザンこく）に王女イェラが生まれてから、十年の月日が流れました。

この間、王に新しい娘は生まれず、十歳となったイェラは、巨山国唯一の王女のままでした。しかし王女イェラは、人々が想像するような姫君とは、ほんの少し、様子が違っていました。

まず美男を謳（うた）われる王の娘としては、やや地味な外見でした。切れ長の目も高い鼻も、しっかりしたあごも、成人の王にはすずやかな印象の顔立ちになりますが、幼い女の子の顔としては、かなりきつめです。また、あまり愛想がなく、眉根を寄せるくせがあるため、女の子なのに「無愛想だ」「老（ふ）けた顔だ」と、城の人々は陰でささやいていました。

実はその細い目の奥に、イェラは鋭い観察力と深い洞察力を秘めた子どもでしたが、それに気づく者はいませんでした。そういったものは、王からも王妃からも、周囲の誰からも求められていなかったからです。

そんなイェラの兄弟にあたる側室の王子たちは、上から十四歳と十三歳、十歳になっていました。彼らはみな、朗らかで明るく、礼儀正しく文武に長けていると評判でした。

「三人もいい王子がいて王さまは安心だ」

「彼らのいずれかが次代の巨山の王になるのは間違いない」

そう誰もが思っていました。そして、城の厨房では、もうすぐ引退を迎える老料理長が、ため息まじりにこうつぶやいていました。

「残念だが、王妃さまはもう四十。さすがに二人目は無理だろうな」

やがてその後を継ぐ副料理長は答えました。

「いやいや。隣の沙維の国では、同じくらいの王妃が七人も王子を生んでいますよ」

「でも、その無理がたたって、七番目の王子を生んですぐ亡くなったんだろう？　子どもは天からの授かりものだ。縁がないときはしょうがないよ」

「そうですねえ」

人々はそんなふうに言っていましたが、当の王妃はまだ諦めてはいませんでした。

イエラという王女を得ながら、王妃はこの十年間もまた、さまざまな医師や薬師、占い師や祈禱師にすがり、願いをかけていたのです。

王妃と王女の住む階の居間で、お茶の用意をしていた乳母は、王妃の部屋に運ばれる包みに目をとめました。

「それは何？」

「王妃さまへの献上品でございます」

うやうやしく台にのせられた包みを持った侍女は、乳母に答えました。

「ちょっと見せてちょうだい」

「もう、係の者が検分いたしましたが……」

「わかっているわ。念のためよ」

乳母はすでに開けられている包みをもう一度開き、中の乾燥させた薬草や木の葉を、一つ一つ手に取って見つめました。城の奥にあるこの部屋まで運ばれるものに、危険な武器や害獣、虫や腐ったものなどが入っていないのはわかりきっています。乳母が見たいのは、その「薬草」の種類でした。

（これは、特に問題はないわね。これも、不妊には効きそうもないけど、食欲が進む草だから問題なし。これは、体温を上げる薬……）

困惑している侍女に、乳母は包みを返しました。

「いいわ。持っていって」

「はい」

小包をのせた台を持って急ぐ侍女の後ろ姿を見ながら、乳母はため息をつきました。田舎育ちで草木に詳しい乳母にとって、王妃が大金を払う「薬草」は都では珍しいものの、山間部ではよく見るようなものも多く、その高値に見合う効果があるとは思えませんでした。

（はっきり言って、飲んでも飲まなくてもいいようなものばかり。でも、王妃さまが満足し、ご気分よく過ごせるなら、それでいいのかもしれないわね）

新しい薬を試すときの王妃は、目が輝き、希望にあふれていました。体調がよくなれば、「これはいいわ」と単純に喜び、体質に合わず気分が悪くなるようなものであっても、「これを乗り越えれば、劇的によくなるのかも」と、期待しながら苦痛に耐えているのでした。

（王妃さまは、まるで薬の中毒のようだわ）

中毒といえばふつうは酒や特定の薬に耽溺するものですが、王妃の場合、幾種類もの薬や医師を試さずにはいられない中毒のようでした。

（そうしていないと、今までの努力が何もかもだめになってしまうかのよう。でも新しい薬で一時は幸福感や満足感が得られるけれど、それが冷めるのも早い……）

ため息をつく乳母に、

「母上は、また新しいお薬？」

とたずねる、幼いながらしっかりとした子どもの声がしました。

「おやまあ、イェラさま」

いつのまに自分の部屋から出てきたのか、乳母のすぐそばにイェラ王女が立っていました。

王女の部屋は王妃の部屋の隣にあり、居間での話し声が聞こえたのでしょう。十にしては背の高い少女は、小柄な乳母とほとんど変わらぬ目線で言いました。

「今度は効くの？」

「さあ……、お薬には合う合わないがございますからね」

「ばあやは、いつもそう言うね」

「そ、そうでしょうか？」

乳母の上ずった声の調子には気づかず、イェラは自分の部屋から持ってきた本を手に、椅子(いす)にどっかと腰をおろしました。

「母上に売りこむ医師や薬師は、いつも『これは効きます』『他の薬なんてくらべものになりません』と言うけど、一度も効いたためしがない」

そう言いながら、イエラは分厚い本を開いて読み始めました。三つのころから文字を読み始めたイエラは、今ではまわりの大人たちが舌を巻くほどの読書家でした。

「でも、彼らがうそをついているわけではありませんよ。同じ薬を飲んで、子宝に恵まれた方たちだって、たくさんいるのですから」

乳母は自分に言い聞かせるように言いました。王妃のもとへやってくる医師たちはみな、「奇跡の手」「子宝仙人」などという華々しい異名を取っていました。しかし、そんな医師たちでも、百人中百人の願いを叶えられるわけではないのです。

「わかってる。だから合う合わないがあると言うんだろ。絶対なんて薬はない」

この方は本当に賢いお子だ――と、乳母はあらためてそう思いました。

「もし王妃さまにお子ができたら、イエラさまは弟君と妹君とどちらがよろしいですか？」

「弟」

間髪入れず、イエラは答えました。

「妹だったら、母上はまた同じことを続けるにちがいない。それはかわいそうだ」

「姫さまは、お優しいですね」

　イェラは何か言いたげに乳母を見ましたが、黙って本に目を落としました。しばらく本を読んでいたイェラは、「そうだ」と、つぶやいて顔を上げました。

「〈天山〉には、母上に合う薬はないのだろうか？」

　イェラの言葉に、乳母は驚いてたずねました。

「まあ、姫さま。沙維の国の〈天山〉のことなど、よく知っていますね？」

「おまえが書庫から借りてきてくれた『沙維の伝説』の本にあったんだ。天山の巫女は〈夢見〉という不思議な術を使うことで有名だが、薬の調合でも、高い技術を持っているという。もしかしたら、天山になら、巨山にない薬もあるのではないか？」

　乳母はイェラの母を思う気持ちに、思わず笑みがこぼれましたが、「残念ながら、天山にはありませんよ」と、首を振りました。

「なぜわかる？」

「天山の巫女たちは、子どもを生みませんから。そういった薬を作ったり、研究したりはしていないでしょう」

「どうしてですか？」

「だが、『巫女には産婆の役目をした者もある』と、この巨山の地方史には書いてあるぞ」

イエラは手にしていた本の表紙を乳母に見せました。どうやら今は、「巫女」というものに興味を持っているようです。

「まあ、そんな本まで。そうですよ。わたしが子どものころ、山に住む巫女たちは占いや失せ物探し人探し、それに産婆など、いろいろなことをする者がいました。里の者は目的に合わせて、それぞれ得意な巫女に頼みにいったものです。でも、昔の話です。今時そんなことを巫女に頼む者は、巨山ではほとんどいませんよ」

三国一の学問と技術が発達しているといわれる巨山では、巫女のような存在は「時代遅れ」の筆頭でした。

特に先代の王の世になってからは、王立医学院を拡大し、女子にも門戸を開き、たくさんの医師を国で育て、地方の王立医院にも配置するようになりました。人里離れて暮らす巫女の煎じ薬などを求める人は、今はもうほとんどいなくなったのです。

「そうか……」

イエラはがっかりしたように、再び本に目を落としました。

(イエラさまは賢くてお優しくて、本当にいい子だわ)

乳母はしみじみとイェラをいとおしく思いました。

（なのに、なぜご学友と仲よくできないのかしら？）

姉妹のいないイェラが七つになったとき、王は家臣の娘たちのなかから同じくらいの年頃の子を選んで、一緒に遊び、学ばせようとしました。

しかし、最初に王が選んだ同じ年頃の子どもたちとイェラは、あまりに話が合わないことが、誰が見てもよくわかりました。イェラはその年にしては賢すぎ、大人びすぎていたのです。

かといって次に選ばれた年上の子どもたちともうまくはいきませんでした。子どもにとって一、二歳の差は大きく、イェラより三、四歳年上の子どもたちは、どうしてもイェラを「小さな子」のように扱ってしまい、それがイェラを激怒させたのでした。

（イェラさまは、子どもと合わない子どもなのかもしれないわ。でも、そういう子も大人になれば、気の合う者が出てくるものよ。大人になれば、一つ二つの年の差なんて気にならなくなるし）

楽天的な乳母は、あまりイェラのことを心配してはいませんでした。唯一、あの予言のことが時折思い出されましたが、

（絶え間ない戦いの星だなんて――あんな占い、信用できるものですか）

と、打ち消していました。しかし、占い師の「王妃に男は生まれない」という予言は、十年間当たり続けています。

（じゃあ、姫さまのことも？）

いやいや、と乳母は暗い予感を打ち消しました。

「何してるの？」

一人で首を振っている乳母に、イエラはたずねました。

「なんでもありませんよ」

「そう。ねえ、この続きを取ってきておくれ」

「あら、もう読んでしまったんですか？」

「うん」

小さな手から受け取った本の重さに驚きつつ、乳母はいそいそとイエラが読みたがる本を書庫に取りにいきました。

しかし乳母が急いで書庫から戻ってみると、部屋にイエラの姿はありませんでした。

「あら、姫さまは？」

「天文台に行かれましたよ」

と言う侍女の答えに、乳母は「また？」と呆(あき)れながら言いました。

「よく、飽きないこと」

「ええ。姫さまは本当にあそこが好きですね。昼に行ったって、星など見えないのに」

若い侍女はおかしそうに笑いました。

城が小さく見える草原で、イェラは乗馬の得意な侍女におろしてもらうと、

「ありがとう。後で迎えにきて」

と言いました。

「いつものように、日暮れ前でよろしゅうございますか？」

「うん！」

侍女に答えるなり、イェラは天文台の建物に向かって走り出しました。

巨山の天文台は、全部で五つあります。地方の四つは、それぞれ国の最北端の山の上、最南端の高台、最西端の岬、最東端の高地に。そしてそれらの情報を統合する中央天文台は、馬なら城からすぐでした。中央天文台は研究塔や宿舎や書庫など、いく

つもの建物からなっていましたが、そのなかの一つ、丸い屋根が特徴的な観天台(かんてんだい)に向かって、イェラは走ってゆきました。

観天台の中には、大きな瑠璃をはめこんだ観天儀(かんてんぎ)という機械があり、それを使って観測する天文官たちは通称〈星世見(ほしよみ)〉、観天台のことは〈星世見の塔〉と呼ばれていました。〈星世見の塔〉の入り口で、イェラは出てきた若い天文官に声をかけました。

「フェソンはいる？」

「おりますよ」

イェラはにっこりして塔の中に入ってゆきました。ここで観天儀や星図などを見せてもらうだけでも楽しいのですが、フェソンがいればなお楽しいのです。イェラは天に向かう階段を、勢いよく駆け上がりました。

「フェソン！」

一番天辺の観天儀のある部屋で、白いひげを垂らした年老いた星世見は、古い机に向かっていましたが、幼い王女の姿を見ると、にっこりと笑って立ち上がり深々と礼をしました。

「いらっしゃいませ。イェラさま。今日は、どんな話をいたしましょうか？」

「江南(カンナム)の星座の話をして。巨山と違って、海の生き物がたくさん出てきて面白いから。でも、江南の星の本を読もうと思って乳母に書庫で探してもらったけど、一冊もなかったよ」

「おそらく、江南にもそんな星の話を集めた本はないでしょうね」

「え、じゃあ、どうやってフェソンは知ったの？」

「五十年前に、この観天台の丸い屋根と天井を造ったのが江南の船大工だからです。わたしは、江南の大工たちから、その話を聞いたのですよ」

イェラはびっくりしました。この天文台の機械も建物も、造ったのは巨山の者たちだと思っていたからです。

「船大工？　じゃあ、船を造っていた人たちが、この建物を造ったの？」

イェラは美しい曲線を描く天井を見上げました。観天儀がどの角度からでも空を捉えられるようにと特別に設計して造られた屋根は、球を真っ二つに割ったような形で、柱はなめらかに弧を描き、小さく削られた板が、寄せ木細工のように組み合わせてありました。

「曲線を造る技術は、その当時の巨山の大工より、江南の船大工のほうが上でしたからね。江南王に頼んで送ってもらった船大工たちは、みな腕のいい職人で、五十年近くたった今でも、隙間から雪や雨がもれることはありません。まったく見事な技術ですよ」

「船に水が入ってきたら大変だものね」

「ええ。防水技術も完璧です」

イエラは建物の中をぐるりとまわって、南国の船大工たちが、北の星々を見るために柱や板を組む様子を想像しました。

「彼らのおかげで、巨山の大工たちも、こういった曲線の建築物を造る技術が高まりました。これより新しい天文台は、すべて巨山の職人たちだけの手で造られています」

「江南に帰った大工たちも、自分の国で天文台を造ったりしたのかな？」

イエラは互いに学び合った職人たちが、それぞれの国に新しい技術を伝えていったのだろうと思いました。しかし、フェソンは首を振りました。

「いいえ。残念ながら、その後の江南で、大きな天文台が造られたという話は聞きません」

「なぜ？」

「彼らはここでなんのための建物を造っているか、よくわかっていなかったのです。だから江南で、形だけをまねた建物はいくつか建てられたのですが、主に音楽や芝居を見せる小屋として使われているようです」

「ふうん、そうなんだ」

フェソンの話はいつも面白いなあ、とイェラは思いました。

他の天文官たちと違って、その話は広く異国に飛び、深く過去に遡り、豊かにふくらんでいきます。イェラはフェソンの話を聞くのが楽しみでした。

夕刻、侍女が迎えにきても、いつもまだもっと聞いていたいと思うのですが、そうもいきません。天文台で過ごす時間は、神経質な母との暮らしに倦んだイェラにとって、大切な息抜きの時間でした。

侍女に連れられて帰るイェラを見ながら、フェソンは幼い王女が初めて天文台にやってきた半年前のことを思い出しました。

九歳の王女の天文台を見学したいという申し出に、天文官たちは困惑したものでした。

天文官たちの多くは、研究者肌で人嫌いなところがあり、興味本位でやってきた子どもに邪魔されるなど、みな御免でした。他の大きな部署の人間なら少し違ったかもしれませんが、天文台はもともと国の政治や経済にかかわる大きな部署ではなく、

〈星の長(おさ)〉と呼ばれる天文官長にのぼりつめたとしても、文官としてたいした出世ではありません。ここで王女に取り入っておけば……などと考える者もなく、「面倒な仕事」は変わり者の天文官にまかされることになったのです。

「王女の相手は、おまえがしろ」

〈星の長〉に命じられたフェソンは、「九歳のお姫さま相手に、いったいなんの話を?」とたずねましたが、

「おまえはいろいろと民に伝わる昔話やおとぎ話を知っているだろう。そんなものを語ればいい」

と、笑って返されてしまいました。フェソンは天文台に入る試験を受けたときに、肉眼では見えないとされてきた七等星まで見極め、「史上最高の目を持つ天文官」として将来を期待された人物でした。しかし新人の修業として地方の天文台に赴任したときに、辺境の部族に伝わる星々の伝説に魅せられ、せっかくの目を生かした観測がおろそかになって、天文官の主流から外れてしまったのです。フェソンは、そのことを惜しいとは思っていませんでしたが、自分の研究を誤解されるのは嫌でした。

「お言葉ですが、長。わたしが集めている話は、ただの昔話では……」

「わかった、わかった。とにかく、失礼のないよう頼むぞ」

やっかいなことをまかされてしまったな、と思ったフェソンでしたが、侍女と一緒に天文台に入ってきたイェラを見た瞬間、

（なんという鋭い、薄い刃のような目だろう）

と驚きました。その幼い少女の強い視線は、細い目のせいで弱るどころか、かえって出口を狭めたことで激しく噴き出す水のようでした。常人では見えない星を見極める目を持ったフェソンは、イェラの賢さも瞬時に見抜いたのです。

（この子には、子守のような接し方ではだめだ）

フェソンはイェラを大人のように、自分と対等な人間として扱うことにしました。

「この中央天文台では、常時二十人以上の天文官が働いています。他の施設と違って、一日中、一年中休みなく、天体の観測は続けられます」

フェソンは天文台の建物の役割を詳しくていねいに説明し、最後に〈星世見の塔〉に入りました。天辺までのぼると、草原の風が塔にそって吹き上がってきました。

「気持ちいい。でも冬は大変だね」

吹きっさらしの塔の天辺で、イェラは顔にかかる髪をはらいながら言いました。

「ええ。とにかく凍傷にならないように着込みます」

昼は星が見えないので、イェラは大きな観天儀で城や草原の向こうを眺めました。

「すごい！　あんな遠くのものが手に取るようだ」

すべての施設を興味深く見つめ、自分の説明を真剣に聞き、的確な質問をするイェラに、

（なんと聡明な少女だろう。こんなに賢い女の子は見たことがない）

と、フェソンはすっかり感心しました。

そんなフェソンはまた、イェラにとっても特別な人物でした。

幼いイェラには、簡単な読み書きや計算や歴史の他に、たしなみとして音楽や舞踏の教師がつけられていましたが、読み書きなどイェラはとっくに本で読んで身につけていましたし、音楽や舞踏はまったく楽しくありませんでした。もしも王が、もっとイェラのことをよく見ていれば、その興味に合った教師を新たに探したでしょうが、王は娘に関心がなかったので、「王女はまったく不真面目でやる気のない生徒です」という教師たちの報告に、

「では、教師などつけるだけ無駄だな」

と、早々にクビにしていました。イェラにとって、フェソンは乳母の他に初めて心を許せる、信頼できる大人でした。生まれたばかりのイェラに、乳母は何より大切な

愛情と安心を与えてくれましたが、言葉を覚え、知識を求め始めたイェラにとって、その点では少し物足りなくなっていたのです。フェソンはその物足りなさを埋めてくれる存在でした。

しかし、ある日イェラは乳母から突然、こう告げられました。

「姫さま。これからしばらくは、天文台に行ってはなりませんよ」

「なぜ？」

乳母は言いにくそうに語りました。

「王さまが、そう言われたのです」

「父上が？　どうして？」

「王さまは、星の知識はあまり、姫さまに必要がないとお考えです」

「どういうこと？　わたしはべつに王になるわけじゃないのだから、好きなことを学んでもいいはずだ」

正論を述べるイェラに、乳母は口ごもりつつ言いました。

「はい。おっしゃるとおりです。でも、さきほどここへ王さまが突然やってきて、王妃さまに姫さまのことを咎めていかれました。そのせいか、王妃さまは臥せってしまわれて……」

母の具合が悪くなったという言葉に、イェラは、頭から水をかけられたような気持ちになりました。

(父上が、母上にそんなことを？　じゃあ、もしもわたしがこれからも言うことをきかずに、天文台へ行ったら……)

父の意向に背いて責められるのは、自分ではなく母や乳母なのだ、と賢いイェラには容易に想像がつきました。そのとたん、考えるまでもなく、イェラは口にしていました。

「もう天文台へは行かない」

ほっとした表情を見せた乳母に、イェラは言いました。

「わたしが悪い子になると、ますます父上は母上のところに来なくなるんでしょ？」

「イェラさま……」

「わかってるよ。もうわかってるんだ！」

乳母を責めてもしかたがないのだ、と思いながら、イェラは自分の口調がきつくなるのを止めることができませんでした。イェラは窓に額を強く押しつけ、

「ああ、つまらない。何か、書庫で本を借りてきて。面白いお話がいい」

と、乳母に言いました。

「はい。仰せのとおりに」

乳母が部屋を出ていく音を聞いたイェラは、ぐいっと目をこすりました。

星を見るのに一番いい季節である夏は、巨山の四季のなかで一番短く、あっというまに去ってゆきました。イェラはその間、一度も天文台に行くことはありませんでした。

実りの秋を迎えても、願いの叶わぬ王妃がさまざまな薬を取り寄せ、人を呼び寄せる日々は変わりませんでした。最初は体調がよくなるお茶や草木の煎じ薬程度だったものが、「竜の骨」や「仙人がすわった石」を削って粉にしたものなど、誰も確かめようのないあやしげなものになってゆきました。また、それらの値段は非常に高価で、王から与えられている、衣装や宝石を買う金額を超えることもありました。

ある日、乳母は茶菓子に、大豆の粉を蜂蜜で練ったものを作っていました。緑と黄色の粉で練り、小さな型で抜く様子が面白く、イェラは本を読む手を休めて見入っていました。

「姫さまもやってみますか？」

「うん」

本にも飽きていたイェラは、乳母のまねをして袖をまくりました。石臼でひいたさらさらの粉に、少しずつ蜂蜜を混ぜ、しっとりしたところで木の型に押しこみ、ぽんと掌に叩くと、小さな花や葉や鳥が手の上にのっています。

「そうそう。お上手ですよ」

乳母に褒められ、イェラはなかなかいい気分でした。

「きれいにできましたし、王妃さまにも少し差しあげましょうか？」

「母上に？」

どうだろうか、とイェラは思いました。母は気まぐれで偏食のうえに、最近始めた薬のせいか、あまり体調がよくないようでした。

「今度の薬も、母上には合わないようだね」

「姫さまも、そう思われますか？」

「うん。お腹が張ると言っているし、飲むときも苦しそうだ」

二人が複雑な思いで顔を見合わせたちょうどそのとき、王妃の部屋から乳母を呼ぶ声がしました。

「午後の薬の時間ですね。昼食も召しあがっていらっしゃいませんし、ちょうどいいです。こちらを持っていきましょう」

「わたしも行く」

イェラはひょっとしたら母が喜んでくれるのではないかという一抹の期待を抱き、乳母についてゆきました。しかし、寝台に横たわっていた王妃は、娘を見て意外そうにつぶやきました。

「イェラ？　何か用なの？」

「……………」

母の強い口調に押し黙ったイェラの思いを汲みとり、「母上さまが心配なのですよ」と、乳母はとりなしました。そして、用意しておいた薬とイェラの作った菓子をのせた盆を、寝台の上に差し出しました。

「薬だけでいいわ」

王妃は盆を押し返しました。

「王妃さま。強いお薬ですから、何かお腹に入れませんと。それにこれは、イェラさまが作ったんですよ」

「イェラが？」

「はい。そうです。豆の粉と蜂蜜です。お体にいいですよ」

「いいわ。今度の先生からは、甘い物はとらないようにと言われているの」

「でも、一口くらいは……」

「その一口で、今までの努力が無駄になってしまうかもしれないのよ？　なぜわたしがこんなに努力しているのに、みなで邪魔をするの！」

「そんなつもりはありません。わたくしは……」

イェラは黙って乳母を止め、母の前に進み出ると、皿の上にのった菓子を手で握りつぶしました。

「姫さま！」

イェラの細い指の間から、豆の粉がぽろぽろと床の上に落ちてゆきました。

「なんなの？　汚らしい。嫌な子ね！」

王妃はそう言い捨てると、盆の上の粉薬を含み、水を飲みましたが、むせて口を押さえました。

「大丈夫ですか？」

乳母は王妃の背をさすりました。

「大丈夫よ。この薬は少しむせやすいの」

「王妃さま……」

乳母は王妃の背をなでながら、「少し、お話を聞いていただいてもよろしいでしょ

を見ましたが、
うか？」と言いました。イェラはいつも優しい乳母の切羽詰まった顔に驚き、母の顔
「なに？」

と、うるさそうに王妃は乳母を見ました。

「おそれながら申し上げます。お食事もとらず、そんなものばかり飲んでいたら、いつかお体を壊してしまいます」

「おまえに何がわかるの？　評判の先生が調合してくれたものなのよ」

「母上、ばあやの言うことをきいてください」

イェラは思わず言いました。もう自分の菓子のことなどどうでもいいと思いました。乳母と自分が、どれだけ王妃の身を案じているか、知ってもらいたかったのです。しかし、それは逆効果でした。

「おまえはわたしより、乳母の言うことをきくの？　だいたいおまえが男だったら、こんな苦労もせずにすむのよ！」

「王妃さま！」

打ちのめされたイェラの表情に、乳母は思わず声をあげました。

「……寝るわ。二人とも出ていって」

王妃は寝台の天幕を閉め、乳母は呆然と立ちつくすイェラを部屋の外に連れ出しました。

「姫さま。王妃さまは、ふつうの状態ではありません。あれは薬の……」

乳母の言葉をさえぎり、イェラは言いました。

「これで、はっきりした」

大人びた低い声に、乳母はどきりとしました。

「姫さま？」

「母がすることを無駄だと思いながら、わたしも無駄なことをしてきたものだ。治らぬ病(やまい)に合わない薬を飲み続けるように、わたしも決して報われることのない人間に、振り向かれようとしてきた。だが、もう決めた。そんな無駄なことはしないぞ。これからは！」

振り向いたイェラの顔を見た乳母は、

（ああ……）

と思わず、心の中でつぶやきました。それは親を弔(とむら)った子どもの顔でした。もうこの世にはいない者だと自分を納得させた者の顔でした。

「姫さま、そんな……。今は無駄なように見えることでも、後から大事だったとわかることもあるんですよ。何が無駄かなど、簡単には言えません」

そのとたん、イェラは笑い出しました。

「では、あの女のしていることに意味があるか？」

「あの女？　姫さま、母上さまに、そんな言い方をしてはなりません！」

初めてきつい口調で叱る乳母に、イェラはきっぱりと答えました。

「あれはわたしの母ではない。どこにもいないわたしの兄や弟の母だ」

「イェラさま……」

乳母は思わず目頭（めがしら）を押さえました。そんなふうに言いきる十歳の少女がたまらなく不憫（ふびん）だったのです。

しばらく乳母の顔を見つめたイェラは、かすれた声で言いました。

「わたしに、母がいるとしたら、おまえだけだ」

イェラは自分の部屋に入り、音を立てて扉を閉めました。

母の部屋と娘の部屋の扉は互いに閉じられ、乳母はその間で立ちつくしました。

三　秘密の森

イェラが心の中で母を弔ってから、一年が過ぎ、再び巨山（コザン）には秋が訪れていました。すらりと背が伸び、冷めた瞳に達観した表情を備えたイェラは、ますます父親似の少女に育っていました。

「あれが王子だったら、なかなかの男前なのになあ」

「他の三人の王子たちより、一番、王に似ていらっしゃる。皮肉なものだ」

人々はそう噂しあいました。

巨山王の三人の王子たちは、どちらかというと、みな母親似でした。

一番年上のオルム王子は十五歳。母親は王族の娘で、王が王妃を選ぶ前は花嫁の最有力候補といわれた評判の美女でしたが、その息子ということもあって、オルム王子も顔立ちの整った少年でした。

二番目のタウム王子は、丸顔の愛嬌のある顔立ちで、母親は巨山で一、二を争う商人の娘でした。タウム王子は一つ違いのオルム王子ととても仲がよく、互いの部屋に遊びにいったりする姿もよく見られました。

そしてイェラの一月後に生まれた三番目のカナン王子は、十一歳。母親は地方の有力者の娘で、その一族の特徴なのか、子どものように小柄で華奢（きゃしゃ）な女性でした。カナン王子もまた、他の二人にくらべると小柄でしたが、武術や馬術では負けていませんでした。特に乗馬では、身の軽さが幸いしてか、三人のなかで抜きん出ていると評判でした。

しかし、そんなカナンは狩りだけが苦手でした。弓矢が下手なわけではなく、止まった的に当てることはできるのに、動く動物を射ることができないのです。

「あれは、わざとやってるな」

というのが、おおかたの人々の見方でした。

「動物がお好きだからなあ。部屋には犬や猫だけでなく、鳥や兎や、亀まで飼っているというぞ」

「なかなか面白い王子だ」

城の人々は、動物好きで優しい王子に好意を持ってそんなことを話していましたが、父である王は違いました。

「おまえが動物を好きなことは悪いことではない。わたしもよい馬や鷹は好きだ。だが、獲物は獲物だ。一緒にするな」

カナンはそのたびに、「はい、父上」「わかりました」と、神妙にうなずくものの、次の狩りでも、結局は獲物を持ち帰ることはできず、兄王子たちに馬鹿にされるのでした。

その日も、城の西の原では、狩りが行われていました。

カナン王子は遅れたふりをして人々から離れると、葦の茂る沼地の近くで、馬の手綱を離しました。

（今日はここで、馬に水を飲ませているうちに逃げられ、みなとはぐれたことにしよう）

そう思ったカナン王子は、わざと馬をつながずに遊ばせると、丈の高い草の中を低い身をさらにかがめながら、北の森のほうに歩いてゆきました。秋にはきのこや木の実を探して、城の女人たちや近辺の村人たちでにぎわう森でしたが、今はそれらも採りつくされ、人の気配はありません——ないはずでした。

　しかし、西の原から死角になる大きな岩の陰に来たとき、カナン王子ははっと足を止めました。岩の側にある倒れた胡桃(くるみ)の木の上に、人影が見えたのです。たっぷりとした毛皮に包まれ、まるで長椅子に寄りかかるように木の上にすわり、膝の上に本を広げている少女がいました。

　人の気配に気づいたのか、少女は顔を上げ、かぶっていた毛皮を肩に落として問いかけました。

「誰だ?」

　カナンはあっ、と思いました。

　自分の隠れ家だと思っていた場所に現れた闖入者(ちんにゅうしゃ)に、イェラは気分を害していました。仕立てのいい装束に、飾りのついた弓矢を持つ少年は、明らかにかなり身分の高い家の人間です。驚きと警戒の浮かんだ大きな目で見つめられたイェラは、ふと思い出しました。

「カナン王子?」

　イェラの脳裏に、先日の式典のときに、父王の隣に並んでいた三人の王子の顔が浮かびました。イェラはカナン王子の顔を見て、

（なるほど、他の二人より細面の美男だな。侍女たちが騒ぐのも無理はない）

と思いました。しかし侍女たちの話によると、他の二人と違ってカナン王子には色恋の噂はなく、その心のおおかたは母親が占めているらしいということでした。

（やっぱり母親というのは、息子が可愛いものか）

イエラはそう思いました。カナン王子の母親は、息子が武術の稽古をするときも、必ず遠くから見学しているし、狩りから帰るときは門の前まで出迎えるほどだと聞いていたのでした。

一ヵ月の差で異母姉弟になる二人は、宴や式典で何度も顔を合わせたことがありましたが、二人だけでこうして会うのは初めてでした。

「こんなところで、何をしている？」

カナンがたずねると、イエラは読んでいた本を閉じて言いました。

「それはこっちの台詞だ。今日は西の原で狩りではなかったか？」

そのとき、遠くから馬の足音がして、はっと振り返ったカナンが、

「見なかったと言ってくれ！」

と言うなり、イエラのすわっている倒れた大木の陰に身を隠しました。イエラは驚きつつも、木の陰に入りきらなかったカナンの弓矢に、自分の毛皮をかぶせました。

まもなく狩りの装束に身を包んだ王兵が現れ、イェラを見て一瞬息を呑みましたが、

「イェラさま。ここにカナン王子がいらっしゃいませんでしたか？」

と聞きました。

「いや、見なかったな」

「そうですか。お邪魔いたしました」

王兵は礼儀正しく頭を下げて、去ってゆきました。イェラはまた本に目を落とし、読み始めました。しばらく息をひそめていたカナンは、そっと大木の陰から出てきて、安堵のため息をつきました。

「恩に着る」

と言うカナンに、イェラは読んでいた本から目を離さずに言いました。

「狩りが嫌なら嫌だと言えばいい」

カナンは驚いたように、イェラを見て答えました。

「そんなことはできない。狩りは『みなの楽しみ』なのだ。女のあなたにはわかるまいがな」

カナンの皮肉を含んだ言葉を、イェラは鼻で笑いました。

「仲間内でどう見られるか気にして思ったことも言えず、同じことが楽しいふりをしなければばならないとは、男同士のつきあいも大変だな」

「そうだ。あなたは気楽でいい」

今度は皮肉ではなく怒りを含んだ声でしたが、イェラは顔も上げずに答えました。

「人生は短いのだ。無駄なことに費やす時間はない」

「……噂どおりの変わり者だな」

カナンはそばの木に寄りかかり、そのまま枯れ葉の上に腰をおろしました。

「あなたはいい。変わり者でいることが許されているイェラ王女」

「うらやましいか？」

「ああ。うらやましい」

イェラは、ぱたんと本を閉じ、顔を上げてカナンを見つめました。

「なぜ、わたしだけが許されていると思う？」

「それは……正妃の子だからだろう」

「違うな。わたしは変わり者でいることを選んだのだ。放っておかれるかわりに、城の者たちも好奇と冷笑を隠さない。だがわたしは平気だ。自分で選んだことだからな」

そう言うと、イェラは再び本を開きました。

「……それは、なんの本だ？」

カナンの問いに、イェラは顔を上げずに答えました。

「これは江南(カンナム)の珍獣・奇獣の図録だ。上下巻で上巻は南国特有の生き物、下巻は改良された観賞用の動物がのっている」

カナンの目が輝き、身をのりだしました。

「面白そうだな。読み終わったら貸してくれないか？」

「断る。自分で買え」

「……無理だ。そういう本をわたしが読むのを、母は嫌がる」

イェラは不思議に思いました。自分と母とは正反対で、カナン母子は仲のよい、なんでも言い合える関係の、気の合う母子だと思っていたのです。

(溺愛されるということは、干渉されるということでもあるのか)

イェラの中に、カナンに対するかすかな同情が生まれました。

「では明日の朝、人をよこせ。わたしは明日までに読み終わる」

「いいのか？」

嬉しそうに声をはずませるカナンに、イェラは少しどきっとしました。カナンはイ

ェラに頭を下げ、

「ありがとう、イェラさま」

と、正式の礼をしました。

「なんのまねだ。イェラでいい」

「でも、あなたはわたしの姉上だ」

一ヵ月しか違わないのに、とイェラは思いました。

「では、姉のわたしがいいと言っているのだ。イェラと呼べ」

「わかりました。イェラ！」

そう言うなり、足取りも軽く走ってゆくカナンの後ろ姿に、

「変な奴だ」

と、イェラはつぶやきました。イェラは、カナンもまたイェラのほうを振り返り、

「変わった姫だな」

とつぶやいたのを知りませんでした。

しばらくしてイェラが城に戻ると、出迎えた乳母が駆け寄ってきました。

「まあまあ、こんなに枯れ葉をつけて。また森に行かれたのですか？」

「そうだ」

イェラが汚れた上着を脱いで渡すと、

「今日は森に近い西の原で狩りがあったんですよ。流れ矢に当たったらどうなさいます」

と、乳母は顔をしかめました。

「流れ矢は来なかったが、カナン王子には会った」

「まあ……」

「少し話したが、変わった奴だ。本を貸す約束をした。明日、使いの者が取りにくるだろう。これを渡してくれ」

「わかりました」

イェラは読み終えた上巻を乳母に預け、下巻を読むために部屋に入りました。乳母はイェラから受け取った本を見ながら、

(姫さまが、他人に興味を持つなんて珍しい)

と思い、少し嬉しくなりました。

次の日の朝、乳母が用意しておいた上巻の上には、「これも一緒に」というイェラの書き置きと、下巻が重ねてありました。ほとんど徹夜して本を読んだイェラは、そ

の日は昼近くまで、部屋から出てきませんでした。

ようやく部屋から出て、遅い朝食をとるイェラに、

「さきほど、カナンさまがいらっしゃいましたよ」

と、乳母は告げました。

「本人が？　人をよこせばいいものを」

驚くイェラに、「人に知られたくないのかもしれませんね」と、乳母は答えました。

（そうか。母親に禁じられているということは、使用人からも告げ口されるおそれがあるということか）

と、イェラは悟りました。

「カナンの母親は、たしか北方のかなり奥地の出身だったな」

「はい。シホさまは、王さまが良馬を求めて訪ねた折、見初められたのでございます」

「見初めた……か」

どうせ田舎の一族が、自慢の娘を売りこんだのだろう、とイェラは思いました。そして父も、良馬の産地とつながりを持ちたかったわけだ、と。

「シホさまは北方の訛りがあるせいか、人と話すのが苦手で、お城の中にご友人があ

まりいないそうです」

「訛り？」

「ええ。ここだけの話ですが」と、乳母は小声で話しました。「城に来たばかりのころ、二人の兄王子のどちらかの母君に、その訛りを笑われたとか。それが心の傷になって、あまり人と交わらないと聞いております」

くだらない、とイェラは心の中でつぶやきました。人の言葉を笑う人間も、そんな小さなことで内にこもる人間も、イェラは軽蔑しました。

（正妻ではなく城に上がれば、正妻やその他の妻との争いは避けられない。そんな覚悟もなく、王の側室になどならなければいい）

自分の都合で子どもを振りまわす母親に、イェラはわけもなく腹が立ちました。

「お城だけでなく、王都に親族も知人もいないので、シホさまはカナンさまだけを頼りにしているという話でございます」

「それはカナンも大変だ」

閉じられた城の中で、本来は頼りたい親に頼られるカナンの暮らしを思うと、イェラは息がつまるような気がしました。

それから数日後、再び森の中の同じ場所で、姉と弟は出会いました。

「今日も狩りか？」

イエラは木の上から、カナンにたずねました。

「いや、ここにいると思った。本を貸してくれてありがとう」

イエラは笑って首を振り、木の上から枯れ葉の上に飛びおりました。そしてカナンを手招きし、近くに立つ大きな木の根元を指さしました。

「なんだ？」

そこには小さな穴があり、イエラはその中から、飴色の半透明の紙で包まれた四角いものを取り出しました。「開けてみろ」と渡されて包みを開いたカナンは、

「うわあ！」

と、声をあげました。

「これは、沙維（サイ）の動植物図録じゃないか。すごい、こんなもの初めて見た」

「ここに本を入れておく。油紙に包んであるので、多少の雨が降っても大丈夫だ」

カナンは驚いてイエラを見ました。

「いいのか？」

「わたしのところへ来るのも、知られないほうがいいんだろう？」

「ああ……母が心配する」

「わたしの母もな。心配というより嫉妬する。王子を得た側室には」

「……すまない」

カナンは恥じ入るように、頭を下げました。

「なぜ謝る？」

「だって、わたしは……」

「誰が王になろうとわたしには関係ないし、興味もない。そんな大人の事情は気にするな」

「……うん」

カナンが小さな声で、しかし元気よくうなずいて言いました。

「ありがとう。大好きだ、イエラ！」

「えっ？」

カナンのあまりの素直さに、イエラは戸惑い、「そうだ」と話をそらしました。

「出がけに、ばあやが持たせてくれた。食べるか？」

イエラは竹の皮に包んだ丸くて平たい焼き菓子を、一枚カナンに渡しました。二人が木の上にすわって並んでかじると、中からとろりと甘く溶けた黒砂糖と砕いた胡桃が出てきました。

「おいしい！」

「だろう。ばあやは菓子を作るのが得意なんだ」

「いつも、こんな菓子を食べているのか。いいなあ、イェラは」

あまりに素直にそう言うカナンに、イェラはなんだかおかしくなり、初めて弟を「可愛(かわい)い」と思う気持ちが湧いてきました。

「この森へ来ると、ありのままの自分になれる気がする」

菓子を食べ終えたカナンは木から飛び下り、色づいた木々の葉から光が射しこむ森を、まぶしそうに見渡しました。そして足元に重なる落ち葉を両手ですくいあげると、しみじみと言いました。

「みなそれぞれ大きさも形も違う。一枚も同じ色はない。でも、それが美しい」

「……………」

カナンの手から、木の葉が落ちました。かすかな風に吹かれて、褐色や赤や黄や緑の木の葉は、ぱらぱらと散ってゆきました。

「もっとここにいたいが、これから武術の稽古だ。行かねば」

「ああ。気をつけて……」

「うん！」

明るい声で応え、カナンは木の葉をはね上げて走ってゆきました。その姿を見送ったイェラは、自分も木から下りると、片手で木の葉をすくいました。

（わたしは母の期待を裏切って生まれた。だから愛情も関心も向けられないかわりに、何も負わされることはなかった。だが、カナンは……）

イェラの手に自然と力がこもり、木の葉が壊れ、粉々になりました。イェラは立ち上がり、木の葉がついた手をはらうと、いつもの自分一人の時間に戻りました。

この日から、イェラとカナンは、母親たちの目の届かない森の中で、繰り返し会うようになりました。イェラが、乳母の作った菓子を持ってゆくと、カナンも「母が作ったんだ」と干した柿や干した林檎を持ってくるようになりました。干した柿は珍しくありませんでしたが、薄く輪切りにして干した林檎の実は珍しく、イェラが気に入ると、カナンは何度も持ってきてくれました。日に透かしてみたり、端からかじって木の葉の形に食べてみたりしたという話をイェラがすると、

「それはよかったですね」

と、乳母は目を細めました。

（ああ、こんなに楽しそうなイェラさまは初めて。やっと年相応の話し相手ができた

のだわ。どうか、末永く親しくしていただけるといいけど……)

　乳母はそう願いましたが、残念ながら王の子である二人の立場は複雑でした。

　カナンと出会って半月ほども過ぎたころ、イェラはふと気が向いて、王と王子たちが参加する軍隊の演習を見にいきました。軍隊には父方の遠縁にあたる将軍がおり、乳母を通して見学する許しを得たイェラは、西の原に向かいました。

　ふだんは秋草が海のように風にうねる草原は、このためにすっかり刈りはらわれ、巨大な一枚の紙を敷いたように平らになっていました。その紙の上には、碁石のように一万の兵士が整列しています。赤と白、二色の鉢巻きと襷をつけ、分けて並べられた二つの軍勢が号令とともに動いていると、それらは巨人の盤の上で動かされている、文字どおり「石」のようにイェラには見えました。

「ようこそ、イェラさま」

　イェラを見た将軍が歩いてくると、深々と頭を下げました。

「邪魔してすまない」

「いいえ。イェラさまが見ていたら、兵たちの士気も上がるというものですよ」

　イェラは苦笑しました。自分が父のように、現れただけで人々を歓喜させる人間でないことはわかっていたからです。

（かといって、他の誰が父と同じような輝きを持っているだろう？）

イェラは父の後を継ぐであろう、三人の兄弟たちをじっくり眺めました。王位継承争いの外にいるイェラにとって、それはなかなか面白い眺めでした。

（カナンは、他の兄たちにくらべて差があるな）

オルム王子とタウム王子は十五歳と十四歳。それにくらべて十一歳のカナン王子の背が低いのはしかたありませんでしたが、体格そのものも華奢な感じがしました。まだ変わる前の高い声を張り上げるのも痛々しく、イェラは近くで母のシホが目をつぶり、ぎゅっと両の手を握りしめているのを見ると、その気持ちがよくわかりました。

次の日、疲れた様子で森にやってきたカナンを、イェラはねぎらいました。

「昨日は大変だったたな」

「べつに」

不機嫌そうにカナンは答えました。

「あんなに長い間かかるとは思わなかった。カナンは大人の兵や年上の王子たちと、よく一緒にやっている」

「イェラは楽しそうだった」

「ああ、面白かった。剣も筋がいいと褒められた」

何も考えず、イェラは正直に答えました。見学にも飽きてきたころ、将軍に「イェラさまもやってみますか？」と勧められて剣を構えると、

「姿勢がいい。腕が長いので実戦でも有利ですね。護身用に始められてはいかがですか？」

と言われたのです。もちろんお世辞だとわかっていましたが、悪い気はしませんでした。しかし、そういった話は恵まれない体格に悩むカナンにとって、不快だったようでした。

「いい気なものだ」

いつになくとげとげしいカナンの態度に、

「何を怒っている？」

とイェラがたずねると、その鈍感な態度に、カナンの怒りが爆発しました。

「見られたくなかったんだ。あんな無様なところを！」

「無様ではない。がんばっていたと、さっきから言っているではないか」

「同情はいらない」

「同情ではない。心配だ。姉が弟を心配して何が悪い？」

イェラは気軽な気持ちで言いましたが、苦いものを飲んだように、カナンは顔をゆがめました。

「わたしは、イェラに弟だなどと思ってほしくない」

「じゃあなんだ？」

カナンの顔が見る見る赤くなり、絞り出すような声で言いました。

「と……友達」

「友達？」

それを聞いたイェラは大声で笑いました。

「同じ父を持つ友などいるか！」

カナンの顔がますます赤くなりましたが、イェラは笑い続けました。ひとしきり笑った後、

「怒ったのか？」

と、イェラが肩に伸ばした手を、カナンは強く振りはらいました。

「わたしに触るな！」

「カナン？」

その権幕に唖然とするイェラを残し、カナンは走り去ってゆきました。

「なんなんだ……」

イェラはつぶやきました。

「友達だと？　ばかばかしい」

自分もまた城に帰ろうと、イェラは毛皮をまといました。城への道を、さくさくと枯れ葉を踏みながら、イェラは歩いてゆきました。色鮮やかに染まった落ち葉が、織物のように重なっていた道は、雨や霜に褪せ、すっかり土の色になっていました。

ふと立ち止まったイェラは、この半月ばかりの間、この場所へ来るのが楽しかったことを思い出しました。最初は自分だけの場所と時間を汚されたように思っていたのに、いつのまにか木の陰からカナンのあの笑顔が現れると、心が浮き立っている自分がいたのです。

「友達……」

とつぶやき、イェラは首を振って再び歩きだしました。

（なにが友達だ）

正直なところ、イェラは自分とカナンの関係がよくわかりませんでした。血縁上は姉弟だといっても、たった一ヵ月しか違わないうえに、一緒に暮らしているわけではありません。それどころか、つい最近までほとんど口をきいたことさえなかったのです。

（わたしは三人の兄弟のうち、誰かを王に推すならカナンだ。表立って応援してもいい。だが、そんなこと、母は許さないだろうな）

風が、ばらばらと木の葉を落としました。

（いっそ、同じ母から生まれた子どもだったら……）

しかし、そんなことはいくら望んでもありえないことだと、イェラにも、カナンにもよくわかっていました。

それからしばらく、カナンは森に現れませんでした。

その日の朝は、風に舞う小羽根のように、白いものが降っていました。

（あれが、最後だったのかもしれないな）

森へ行く道を歩きながら、イェラはそう思いました。まもなく木の実も鳥や獣に食べつくされ、森の生き物たちのほとんどは、長い眠りにつくでしょう。日ごとに太陽の出る時間は短くなり、森で本を開いても、寒さと強い風のために集中できないことが増えていました。

（森へ来るのも、今日で最後だな）

倒れた胡桃の木の上に毛皮にくるまってすわったイェラは、本を広げました。

まもなく、さくさくという足音が聞こえてきました。一足ごとに慎重に、まるで細い綱の上を渡るような歩みでした。

足音が近くで止まり、やや緊張で上ずった声がしました。

「やあ」

「やあ」

イェラは本から顔を上げずに答えました。カナンもまた倒れた大木の上にのぼり、二人は少し離れて、背中合わせに腰をおろしました。

「もう日暮れだ。ずいぶん早くなった」

と、イェラが言うと、

「そうだな」

とカナンはうなずき、「明日、今年最後の大がかりな狩りがある」と言いました。

「もう冬だからな」

だいぶ前から、高い山の上や、北方の部族から、雪が降ったという便りが届いています。近いうちに本格的な雪が降り、巨山全体が長い冬に入るでしょう。そうなれば、あまり大人数での狩りも演習も行われることはなくなります。

「今年最後の狩りだと聞いたぞ。よかったな」

と言うイェラの言葉より早く、

「出たくない」

と、カナンはつぶやきました。またか、とイェラは内心うんざりしました。

「最近、体が重いのだ。思うように動かない」

「……………」

「でも、出なければ……」

イェラは立ち上がり、カナンを見おろして言いました。

「ああ、うっとうしい！　久しぶりに会ったと思ったら愚痴ばかりか」

「イエラ……」

「そんなに嫌なら、はっきり言え。言えないなら腹をくくれ！」

カナンの顔に、怒りと苦渋の表情が浮かびました。

「言えるものなら苦労はしない。あなたにはわからないのだ。わたしの苦しみは！」

「ああ。わかりたくもないな」

そう言って、大木からおりようとしたイェラの肩を、カナンの手がつかみました。

イェラが振り返ると、もう片方の手がイェラに向かって振り上げられています。その怒りにふるえるこぶしを見上げながら、イェラは言いました。

「振りおろしたらどうだ。わたしは覚悟しているぞ」

それは本心でした。カナンを傷つけることは充分わかっていました。が、たとえ殴られようと、不満を語るだけで状況を変えようとしない人間の慰め役になる気は、ありませんでした。

「うそだ……」

カナンは振り上げた腕を、力なくおろしました。

「わたしができないことを知っていて、そんなことを言う。わたしが、イェラに嫌われたくないと知っていて……」

「そんなことを考えてまで、わたしは人とつながる気はない」

言い捨てて、イェラは大木から飛びおりました。続いてカナンが飛びおりる音がし、イェラの首にカナンが手をまわしました。その手に力がこめられ、

(絞められるのか?)

と、ひやりとしたイェラの肩に、カナンはぎゅっと頭を押しつけました。

「カナン?」

後ろから抱きしめられたイェラは、カナンが泣いているのかと思いました。カナンの顔があたっている肩が、ひどく熱かったからです。

「……離せ」

カナンがイェラから手を離しました。ふり返ると、顔を上げたカナンの目は真っ赤でしたが、涙は流れていませんでした。

「さよなら、イェラ」

「………」

イェラを離し、大きな獣に追われる野鼠のように、カナンは走ってゆきました。

「カナン!」

カナンは振り返りませんでした。何度となく見たカナンの後ろ姿を、イェラが目にしたのは、それが最後でした。

翌日は、朝から西風が吹き、小雨が降りしきる悪天候でした。朝、目覚めて、窓から重い色の空を見上げたイェラは思いました。

(こんな天気では、狩りは中止だな)

しかし、朝食を用意した乳母は、

「こんな天気でも狩りをなさるなんて、本当に王さまはお好きですね」

と、呆れながら言いました。

(王は正気か？　ぬかるみに足をとられて馬は転びやすく、泥がはねて乗り手の視界は悪くなる。服は湿気を含んで重くなるし、弓を引く手も滑りやすい。何もかもが危険だ)

狩りをしないイエラにも、それくらいのことはわかりました。

(だが、止める者はいないだろう)

イエラは思いました。カナンが「嫌だ」と言えないように、狩りは「みなの楽しみ」なのです。もし忠言する者がいたとしても、その声は危険に挑む「勇敢な」部下たちの声にかき消されてしまうでしょう。王の前で、わかりやすい忠誠と、勇気という名の無謀さを競い合う人々の群れに、カナンは小さな体で加わっているのだ、とイエラは思いました。

その日、イエラは一日、落ち着きませんでした。本を読んでも頭に入らず、食欲も湧きませんでした。ぶらぶらと部屋の中を歩きまわっては窓から外を眺め、変わりやすい秋の空に、一喜一憂しました。いっそ、もっと天候がひどくなれば、さすがの王も狩りを中止して引き揚げてくるのでしょうが、空は晴れたかと思うとまた曇ったりと、はっきりしない一日でした。

そして夕方になって、イェラの嫌な予感は的中しました。

城の中が騒がしくなり、大勢の人々がばたばたと走りまわる音や、「では、そのときの用意は」「係の者は」といった、何かの段取りが伝えられてゆく声がします。

(いったい、何があった?)

苛立ちが頂点に達したとき、誰かがイェラの部屋の戸を叩きました。

「どうした?」

急いで戸を開けたイェラの前には、紙のように蒼白な顔の乳母が立っていました。

「姫さま。姫さま。どうか、落ち着いて、聞いてくださいまし」

「だから、どうした?」

苛々しながらイェラは聞きました。

「カナンさまが……」

「カナンが?」

カナンは無理に獲物を追って木にぶつかり、馬から投げ出され、強く頭を打ったのです。

王は狩りをやめ、大急ぎで城に戻りましたが、城の医師が診るまもなく、カナンは十一歳の短い人生を終えたのでした。

四　馬と仔犬

カナンの国葬から数日後、イェラのもとをカナンの母、シホが訪れました。

細い体が、演習でカナンを見守っていたときより、さらに細くやつれ、目は老婆のように落ちくぼんでいました。

それでもカナンを思い出させるよく似た面立ちに、イェラは胸が苦しくなりました。

「わたしは故郷に帰ることになりました」

「そうですか……」

シホには、カナンの他に子どもはありませんでした。カナンを生んだ後、体調を崩し、二人目の子どもは望めないと医師に言われ、それゆえに一人息子を溺愛しているのだろうといわれていたのです。

(王の側室であるという身分を失って故郷に帰ったこの人を、親族は温かく迎えてくれるのだろうか?)

そんなことを考えるイエラに、シホは言いました。

「その前に、イエラさまにはぜひ直接お会いして、一言お礼を申し上げたかったのです」

「わたしは何も……」

そうイエラが言いかけたとき、部屋の扉が開き、不機嫌な声が響きわたりました。

「聞き慣れない声がすると思って侍女に聞いたら、とんだ客人が来ていたのね。どういうことかしら、これは?」

イエラは無神経な母親を睨みつけました。ふだん、城で働く者たちの行儀作法をうるさく言う母親が、二重の意味で乱暴に入りこんできたことに、心底怒りを覚えたのです。

(たまに顔を見たと思えばこれか)

カナンの葬儀にも体調が悪いことを理由に欠席していた母と、面と向かって会うのは久しぶりでした。イエラはすっと立ち上がり、シホを庇(かば)うように、その前に出ました。

「母上。これはわたしと、この方の問題です。席を外してください」

「まあ……！」

王妃はイェラの言葉に、目を見開きました。

「いいのです。イェラさま」

おろおろするシホに、「いいえ。母の不調法をお許しください」とイェラは頭を下げ、再び王妃に告げました。

「出ていってください。あなたには関係のない話です」

「わたしは王妃よ！」

イェラは心底、自分と目の前にいる人間の関係を呪いました。

（だからなんだ。だから側室より上だと言うのか？　だから誰もが従ってあたりまえだと？　知るか、そんなこと！）

火花を散らす母子（おやこ）に、シホは困惑していましたが、やがて何かを決めたように、静かにイェラの前に進み出て、こう言いました。

「イェラさま。短い間でしたが、娘のカナンと親しくしていただいて、ありがとうございました」

「！」

王妃とイエラは、それぞれ別な驚きをもって、シホを見つめました。

「今、なんと……？」

イエラは空を仰ぎ、王妃はシホにつめ寄りました。

「娘？　娘とはどういうことなの？　カナンは王子ではなかったというの？」

「いいえ。王子です」

イエラは母に、きっぱりと答えました。

「王子として生き、王子として死んだのですから。カナンは立派な巨山国(コザンこく)の王子です」

そしてイエラは、シホのほうを見ました。

(なのに、今なぜよけいなことを？)

シホは首を振りました。

「あなたはカナンと一番親しくしていた方です。だからすべてお話ししたかった。でも、知っていらしたのですね」

何も答えないイエラに、王妃はたずねました。

「そうなの、イエラ？　おまえは知っていたの？」

「……はい」

「ならば、なぜ言わなかったの？」

「わたしにとって、たいした問題ではなかったからです」

「たいした問題だわ！」

王妃は激昂し、射殺せんばかりの目でシホを睨みつけました。

「ずっと王を騙していたのね。王子の母として、世継ぎの母になれるかもしれない身分として、王の寵愛を受けていたのね。なんとずうずうしい、計算高い女なの！」

シホを責めたてるうちに、王妃の呼吸は荒く、はあはあと肩でつく息は苦しげになってきました。

「母上、もう休まれたほうが……」

さすがに母の身を案じたイェラが手を伸ばすと、王妃はその手をはらいのけました。

「おだまり。こんな女狐や、その娘とグルになって、親を騙していたなんて。おまえの罪も重いわ。尊ぶべき、敬うべき親をないがしろにしたのよ！　この……」

と言いかけた王妃は、ふいにくずおれました。

「母上！」

イェラは驚いて母に駆け寄り、乳母と一緒に抱き起こしました。

イェラと乳母に支えられ、寝室に運ばれた王妃は、そのまま寝台に倒れこみ、しばらく目を覚ましませんでした。


母を乳母にまかせ、イェラはすぐにシホのところに戻りました。

「お見苦しいところを見せて、申し訳ありません」

イェラが謝ると、心配そうに立って待っていたシホは、

「いいえ。もとはといえば、わたしが悪いのですから」

と、首を振りました。

「わたしは、王さまにも、親類たちからも、ずっと男子を期待されていました」

そうだろうな、とイェラは思いました。王に嫁ぐ女はみなそうなのです。

「あの子がお腹にいるとき、『顔がきつくなったから男子だ』『こんなに元気に動く子は男に違いない』とすべての人々に言われ……そして、赤ん坊が生まれたときにはもう、そうではなかった、と言うことはできなくなっていました。実家から連れてきた乳母も、一族のためにはそうしたほうがいいと……。立ち会った医師の方には、乳母がお金で口止めを」

「……………」

「あの子が十になったとき、わたしは聞いたのです。『王さまにすべて打ち明けてしまおうか』と。でも、あの子が自分で『わたしはこのままでいい』と言ったのです。だからわたしは……」

イェラは唇を噛みしめました。

（だからわたしは責任がないと？　カナンが自分で言っただと？　そう言わせたのだろうが。それ以外の答えなど言わせなかったのだろうが）

イェラはシホの「できなかった」ではなく、「できなくなっていた」という言い方にも、責任を逃れ、弱い立場で守られていようとする狡さを感じました。

（母親のくせに！　大人のくせに！）

シホは持参した大きな包みを開くと、中に入っていた平たい大きな箱と本と手紙をイェラに差し出しました。

「あの子が、あなたにお借りしていた本などです。こちらは――」

シホは手紙を開きました。

「あの子が残した目録です。もし、何かあったときは、自分の財産を渡したい人がいるからと、書いてありました。それであなたとのことを知りました」

この目録から、イェラとカナンの関係を察したのだと、シホは言いました。

「財産?」

「ええ。カナンの灰馬を、もらっていただけませんか? あの子の形見に、イェラさま」

イェラはカナンが乗っていた、灰色の大きな馬のことを思い出しました。それは毎年シホの実家から送られてくる、その地方で生まれた一番の仔馬でしたが、三年前に送られてきた灰褐色の馬は、「色が気に入らない」と、王がカナンに譲ったのです。そしてカナンは、自分にもしものことがあったとき、「衣類ほか、愛用の品は、すべて母に。しかし灰馬だけは、親愛なるイェラ王女に」と、書き残していたのでした。

「残念ですが、いただいても、わたしは馬に乗れません」

「もらっていただけるだけでいいのです。あの子は本当に動物が好きでした。動物を診る医師になりたいと言っていました」

「獣医に?」

「ええ。でも、わたしは、『王にもなれる立場の者が、何を好んで獣の相手など』と叱りました。それからはもう、口にすることはなくなりました。今思えば、好きなようにさせてやればよかった……」

涙ぐむ母親を見ているうちに、心の中に沸き上がってくるものを、イェラは抑えることができませんでした。

「今さら……泣いたところで、遅いのではないですか？」

顔を上げたシホに、イェラの口から止めようのない思いがあふれ出ました。

「自分の地位のために、昼間はカナンに勇敢な息子であることを求め、夜は孤独をまぎらわせるために、優しい娘であることを求めた。それがどんなにカナンを苦しめたか！」

「姫さま！」

さっき王妃からイェラがシホを庇ったように、乳母がシホを庇うように立っていました。そして悲しげに首を振り、「いけません。たった一人のお子を亡くしたばかりの方に、そんなむごいことをおっしゃっては」と、イェラを諭しましたが、

「本当のことだ。本当にむごいのはこの女だ」

と、イェラは言い捨てました。

「弱ければいくら人に頼ってもいいのか。母なら子に何をしても許されるのか！」

「……カナンさまが亡くなって悲しいのは、姫さまだけではありませんよ」

イェラははっとしました。シホは流れる涙を拭き、洟をすすりながら、イェラに向かって何度もうなずいていました。

「何もかもイェラさまの言うとおりです」

乳母は優しくシホの肩を抱き、イェラは二人から目をそらしました。そのとき、シホが持ってきた箱の中から、高価そうな女物の衣服がはみ出ているのがイェラの目に入りました。

「なんだ、これは？」

イェラがそれをシホに見せると、シホは意外そうな顔をしました。

「カナンがあなたに、お借りしたものではないのですか？」

「わたしはこんな服は持っていない。だいたい、わたしには丈が短い。カナンの寸法でしょう。あなたが仕立ててやったものではないのですか？」

「いいえ。わたしは、あの子に一度もこんなものは……」

イェラは不可解でした。「王子」だったカナンが城内のお針子に仕立てを頼むはずもなく、かといって自分の好きな本の一冊も城の外に買いにいくことのなかった身で、市井の店に仕立てにいったとも思えません。

（いったい、どうしてこんなものを……）

イェラはシホの顔を見ましたが、シホは、

「あの子は、こんな服を着てみたかったのかしら。一度くらい着せてやればよかった……」

と泣くばかりでした。しかし、しばらくすると、「そういえば……」と言いだしました。

「この箱は、あの狩りの前の晩、あの子宛に届いたのです。部屋で開けたあの子に、『何が入っていたの？』と聞いても、教えてくれませんでした。そして、次の日あの子が亡くなって、遺された手紙には、あなたのことばかり書いてあったものだから、てっきり、この箱も、あなたから借りたものだと……」

そのとき、衣を手に取って見ていた乳母が、

「これは、ひょっとして〈花籠屋（はなかごや）〉のものじゃありませんかね」

と言いました。

「知っているのか？」

「ええ。今、若い娘の間で人気の仕立て屋なんですよ」

乳母は一番若い侍女を呼ぶと、衣装を見せました。若い侍女は目を輝かせ、乳母の質問に答えました。

「間違いありません。この襟の裏にある花籠の刺繍が特徴なんです。ここは染めがよくて刺繍が細かくて、着た娘がみな可愛らしく見えると評判なんです」

侍女は美しい絹の衣をうっとりと見つめながら言いました。

次の日イェラは城を抜け出すと、城下で〈花籠屋〉という店を探しました。

若い娘たちの間で人気だという話は本当らしく、道を行く者に聞くと、その場所はすぐにわかりました。

美しい絹が虹の滝のように並べられた店の中を、ずんずんと奥に進んでゆくイェラに、慌てて追いかけてきた店員が聞きました。

「お客さま。失礼ですが、ご予約はおありで？」

「ない」

「それは残念ですが、うちの商品は半年先まで予約で埋まっておりまして。もし、お急ぎでしたら、支店のほうをご紹介させていただきますが……」

イェラは懐(ふところ)から、王家の紋が入った短刀の入った袋を出して見せました。

「わたしは、こういう者だ。店主を呼んでくれ」

王家の紋を見た店員は、はっと目を見開き、「た、ただいま。すぐに呼んでまいります」と奥に消え、イェラはすぐに特上の客だけが接待される豪華な部屋に通されました。

「これはこれは。まさか王女さまが、お忍びでいらっしゃるとは。お呼びくだされば
いつでも参上いたしましたものを」
と頭を下げる店主に、イェラは首を振りました。
「今日は注文ではない。この服を注文した者を知りたいのだ」
イェラは持参した包みを広げました。それを見た店主は、「はい」と一目でうなず
きました。
「たしかにわたしどもの品でございます。これをご注文くださったのは、オルム王子
さまです」
城の部屋に戻ったイェラは、包みを床に叩きつけました。
「こんなもの！」
イェラは包みから出た衣を大きく引き裂きました。薄絹を縫い合わせた華やかな衣
は、いとも簡単に音を立てて、裂けてゆきました。
（女物の服を敵に送るのは常套だ。『女のような奴め』と相手を辱(はずかし)め、怒らせて動
かすための古臭い作戦だ。そんな作戦に惑わされおって！）
おそらくオルム王子は、軽くからかう程度のつもりで、カナンにこの服を送ったの

でしょう。しかし、カナンは、「自分が女だとばれているのか？」とひどく動揺したに違いありません。もしそうでなくとも、二人の兄たちより小柄で体格が劣っていると見られるのを気にしていたカナンは、「やはり兄たちより勇猛なところを見せねば」と、狩りのときに無理をしてしまったのでしょう。

（どっちにしても、馬鹿だ。大馬鹿だ！）

イェラは服を裂き続けました。止まらぬ怒りは、自分の衣装や寝具や家具にも向けられ、

「いったい何事ですか？」

と入ってきた乳母が、破壊しつくされた部屋のありさまに、悲鳴をあげるほどでした。

「どうなさったんですか、姫さま？」

「なんでもない……」

イェラは答えると、階下にある、オルム王子とその母の部屋に向かいました。

オルム王子の部屋には、ちょうどタウム王子が遊びにきていました。二人は異母妹のイェラを見て驚き、顔を見合わせました。

「これはこれは、イェラ王女。こんなところに、わざわざいらっしゃるとは。いったいどういう風の吹きまわしですかな？」

慇懃無礼にオルム王子は言いました。その言葉はていねいで、口元には笑顔が貼りついていましたが、イェラを歓迎していないのは明らかでした。

「用はこれだ」

イェラは引き裂いた服の一部を突きつけました。「はあ？　このぼろ布が何か？」と、顔をしかめたオルム王子は、

「これを、カナン王子に送った理由が知りたい」

と言われ、一瞬顔色を変えましたが、すっと布切れから目をそらしました。

「なんのことでしょうか？」

「とぼけるな！　わたしはこの店の主に会って聞いたのだ。あなたが狩りの前の日、カナンに送ったのは間違いない。いったいどういうつもりで、そんなことをした？」

「……ほんの冗談ですよ」

ごまかすのは無理だと思ったのか、オルム王子は今度はあっさりと認めました。

「冗談だと？　どういう冗談だ。『男らしくない』と言われるのを気にしていたカナンに、こんなものを送るなどと、嫌がらせにもほどがある。それが、仮にも血のつな

がった弟にすることか！」

初めて見たイェラの激昂する姿に、タウム王子はびっくりして二人の顔を見くらべました。

「いったい、どうしたんです。イェラ王女。いつも冷静で、我関せずといったあなたらしくもない。そんなにカナンのことが好きだったのですか？」

「……そうだ。わたしの大事な弟で、友人だった」

オルム王子は吹き出しました。そして卑屈な笑いを浮かべ、こう言いました。

「弟？　友人？　わたしたちのことなど、見下しているくせに。あなたの母親と同じように」

「わたしは母とは違う」

「ふん。とにかく、カナンの死が、まるでわたしのせいであるかのような言いがかりはやめていただきたいですね。彼はまわりの目を勝手に気にして、勝手に無理をして、勝手に死んだんだ。誰が手を下したわけでもない」

カナンが「勝手に死んだ」というオルム王子の言葉に、イェラの中で溶岩のような怒りがふつふつと沸き上がってきました。

「……許さん」

「何か？　このことを王に告げようとでも？　いいとも。父上は強い者が好きだ。こんな服一枚で動揺する息子など、惜しいとは思うまい。この国の後継者はわたしかこのタウムだ」

「いいや」イェラはきっぱりと二人の兄に言いました。

「わたしもいる」

「えっ！」

二人の王子は、ぽかんとしてイェラを見つめました。そしてオルム王子は大声で笑い出しました。

「王が女などに王位を継がせるものか！　この国にそんな歴史はない。女王が統治したのは、夫の死後、息子が幼いときのつなぎだけだ」

「そうだ。第十九代と第二十五代のときにな。だが、もっとずっと昔、第八代がいる」

二人の兄たちはきょとんとして、顔を見合わせました。

「そうだったか？」

「そんなの出まかせだろう」

「兄が病弱で、弟が戦で心を病んでいた王女だ。統治は十八歳から三十八歳」

第八代の女王は、二十年というわりあいに長い統治をしながら、あまり知られていませんでした。それは兄王子が生まれつき体が弱く、弟王子は戦で心を病んでから、江南(カンナム)の使いを切り殺したという史実があったからでした。イェラの歴史の教師も、詳しく教えてはくれませんでしたが、江南の歴史書にはちゃんとのっていたのです。もちろん二人の王子は、そんなことは知りもしないし、考えたこともありませんでした。

「王女が後継ぎとなったこともあるのですよ。優秀な王子がいなかった場合はね。我が国の歴史書にはのっていないとしても、沙維(サイ)や江南の歴史書には書いてある」

「沙維や江南だと？　そんな、後(おく)れた国の書物など信用できるか」

オルム王子は笑いました。その笑い方は虚勢ではなく本心からのようで、タウム王子もつられて笑っていました。

(幸せ者め。自分の国だけが、いつも正しいことを書き記すと信じているのだな)

何を言っても無駄だと思い、イェラは幸福な王子たちのいる部屋を出ました。

『わたしもいる』

そんな言葉が、とっさに自分の口から出たことに、イェラは驚いていました。

(わたしが王に？　そんな地位、欲しくもないのに)

イェラは城の外に出ると、天に向かう高い塔を見上げました。今日も朝から天気は不安定で、灰色の空からは、ぽつりぽつりと雨粒が落ちています。

（誰も、カナンに直接手を下したわけではない。オルム王子も、カナンの母も……）

雨粒はしだいに大きくなり、数を増して落ちてきました。城の石畳や堅い木の屋根を叩く音が、イェラの耳に響きました。

（だが、まわりのすべてがカナンを追いつめたのだ。わたしも何もしなかった。カナンの悩みをちゃんと聞くこともなく、突き放した……）

空がゆがみ、イェラの両目から涙が流れ落ちました。

（許せ、許してくれ、カナン！）

カナンが亡くなって初めて、イェラは心ゆくまで号泣しました。乾燥した巨山の冬では珍しい大粒の雨と共に、イェラの涙が城の石畳に落ちて流れてゆきました。

次の日から、イェラは剣と乗馬の練習を始めました。

剣を教えてくれと乞われた将軍は、

「ええ、いいですとも。身につけておいて損はないですよ」

と、嬉しそうに基本を教えてくれましたが、稽古が進むにつれ怪訝な様子になってきました。

「まだまだ！」

とりつかれたように打ちこんでくるイェラを、将軍は軽々とはね返し、イェラは体中に赤や青や黒ずんだあざができました。

ある日、将軍の剣を受けそこね、倒れた拍子に頭を打ったイェラは気を失いました。部屋に運ばれ、目を覚ましたイェラに、将軍は告げました。

「明日は休みにしましょう」

「いや、明日もやる」

「……そうやって痛みに逃げるのはおやめなさい。カナンさまの死は、あなたのせいではありませんよ」

図星をさされ、イェラは黙りこみました。

「あれは事故です。誰のせいでもない」

「違う！　みなのせいだ」

「そう思っているのは、あなただけです」

将軍が出ていった後、イェラは頭を押さえながら寝台から起き上がりました。

「姫さま、どこへ行かれるのです？」

部屋に入ってきた乳母が、慌てて止めました。イェラは上着を羽織りながら、

「馬に乗ってくる」

と答えました。

「なぜ、そんな急に、男のようなことを始められたのです？」

と言う乳母に、イェラは立ち止まり、振り返って言いました。

「男になりたいわけではない。他の馬にも乗りたいとは思わない。あの馬に乗りたいのだ」

馬場でもイェラは、体中に打ち身と生傷をつくりました。しかし何度も振り落とされながら、イェラは灰馬に慣れ、灰馬もまた、新しい主に慣れてゆきました。

すべての生き物にとって辛く長い冬が終わり、春が訪れました。

イェラはカナンが亡くなって以来、半年ぶりに、あの森へ行きました。冬の間は外出そのものが難しかったので、避けていたという意識はありませんでしたが、

（ずいぶん、来ていなかったな）

と、イェラはしみじみ思いました。

かつてカナンとすわり、互いに持ってきた菓子をほおばった胡桃の木は、一冬の間

に朽ちかけていました。もうその上にすわる気にもなれず、帰ろうとしたイェラは、近くの岩陰に何か動くものがいるのを見つけました。

「ん？」

それはふさふさと毛の長い仔犬でした。もとは白っぽい地色なのでしょうが、泥と枯れ葉にまみれて、茶色く汚れています。そばに母や兄弟はいないのか、とイェラはあたりを見まわしましたが、それらしき姿や声はありません。

（なんという犬種だろう？）

イェラの頭の中に、巨山の主な犬種がいくつか浮かびましたが、どれもぴたりとはまるものはありませんでした。寒さに強く大きな体で橇（そり）を引く、その名も〈巨山〉という犬に顔は似ていますが、この犬はもっと毛が長く、第一、白い毛は〈巨山〉では見たことがありません。昔、王族の子に人気があった〈白仙（はくせん）〉という純白の長毛種がいましたが、あれは耳が垂れていました。この犬の耳は大きくぴんと立っています。

（猟犬に多い〈早風（はやかぜ）〉か？　いや、あれも垂れ耳だ。庶民の番犬に多い〈大河（たいが）〉だろうか？）

何種類か混ざっているのかもしれない、とイェラは思いました。

（カナンなら、わかっただろうな……）

イエラはその場を離れました。いずれ犬の家族か飼い主が、臭いや鳴き声を探しあててやってくるだろうと思ったのです。

しかし日暮れも近づくころ、城に戻るついでにと森に寄ってみると、同じ場所でうろうろと仔犬は待っていました。

「おいで」

イエラは手を伸ばしましたが、仔犬は警戒しているのか近寄ってきません。

「おいで」

イエラはもう一度言って、今度は犬の目の高さにかがみこみ、両手を伸ばしました。その目に宿る警戒心は解けないものの、仔犬は逃げようとはしませんでした。

イエラはすっとすくうように仔犬を抱き上げました。仔犬は四肢をばたつかせましたが、両脇を持ってしっかり抱きしめると、イエラの腕の中で、おとなしく丸くなりました。

「よし。帰ろう」

上着の中にすっぽりと仔犬を包み、イエラは灰馬に乗ると、まっすぐに城へ向かいました。

イエラは仔犬に「ムサ」と名づけました。ムサは、それから半年の間に見違えるほど大きく成長しました。両腕の中におさまっていた体には肉がつき、長い毛がふさふさと生えているせいで、実際の体よりさらに大きく見えました。外出から戻ったイェラを見て廊下を走る姿に、侍女たちが悲鳴をあげたり怯えたりするのも、一度や二度ではありませんでした。最初は、

「赤ん坊というのは、どんな生き物でも、どうしてこんなに可愛らしいのでしょうね」

などと言っていた乳母も、

「足が太い犬は大きくなるとは聞いていましたが、これほどとは……」

と、呆れるほどです。

「姫さま。やっぱり馬場で飼いませんか？」

「いや、それでは馬たちが怯えるだろう」

「でも、このまま部屋の中でというのは……」

「動く家具だとでも思えばいい」

「家具はこんなに獣臭くありませんよ」

実際、イェラの部屋はすっかりムサの臭いでいっぱいでした。用を足す場所は部屋の外に作ったものの、動物そのものの臭いが強烈なのです。

「わたしは気にならない」

「自分の臭いは自分では気にならないものですよ。もう、姫さまはすっかりムサと同じ臭いになってしまいました」

犬と同じ臭いと言われて、イェラは大声で笑いました。

「笑い事ではありませんよ。せっかく、これから一番きれいな年頃になるという方が」

乳母は怒りつつ、イェラがムサに抱きついて床を転がるのを見て、なぜか安心しました。

（ああ、カナンさまが亡くなってからの姫さまは、こんなふうに笑うことはなかったわ……）

乳母はこみ上げてくるものを呑みこみ、「さあさあ」と、手を叩きました。

「部屋を出てくださいまし。この敷物についた毛を落とさなくては。ムサを充分に運動させてきてくださいね。部屋の中で暴れないように」

「わかった。行くぞ、ムサ」

ムサは飛び上がるようにイェラに駆け寄りました。ムサを連れて出てゆくイェラの背に、乳母はそっと手を振りました。

五　天文台

翌年の春、王都にほど近い森や草原に住む人々の間を、雪どけとともに、ある娘の噂が駆け巡りました。

「おまえはもう見たか？」

「ああ、あんなに大きな犬がこの世にはいるんだな」

「俺も初めて見たときは、腰を抜かすかと思ったよ」

その巨大な白い犬を連れ、一つに結んだ長い髪をなびかせ、灰馬に乗って駆けてゆく娘の正体が王女だとわかると、さらに人々は驚きました。

「王さまや王妃さまは、あれでいいのかね？」

そう人々は顔を見合わせましたが、もともと娘に関心の薄かった父王は、すでに教師や学友をつけることを諦めていたので何も言わず、母とはカナンの一件以来、さらに顔を合わせることはなくなっていたので、イェラは毎日、気ままに草原や森を走りまわりました。

　走るのに飽きたり疲れたりすると、イェラは草の上に寝転がって書庫から持ち出した本を読み、空腹になると、乳母の持たせてくれた菓子や果実をつまみました。ときには珍しい花や草木を調べるために、摘んで持ち帰ったりすることもありましたが、乳母にきつく言われていたので、むやみに全部摘み取ったり、民の家や庭に入ることはありませんでした。また、気づかぬうちに民の領地に入ってしまったときはていねいに謝り、すぐに退散したので、疎まれるようなこともありませんでした。

「なんだ。常識知らずかと思ったら、礼儀正しいお姫さまじゃないか」

　すっかり雪が消えた草原が若い緑に染まるころ、近隣の人々にとってイェラの存在は、少し変わっているものの、畑の作物に害は与えない動物のように、なじんでいたのでした。

　ある日、いつものようにムサの散歩をかねた遠乗りに出たイェラは、都にほど近い草原の一角に、新しい建物が造られていくのを目にしました。その屋根が丸く、半分に切った球の形になってゆくのを見て、

（あれは、天文台か）

と、イェラは気づきました。今年は巨山(コザン)の建国千年に当たるため、さまざまな催しや工事が行われていましたが、その事業の一つとして、三国一を誇る天文台が新しく造り直されることになっていたのです。

城に帰ったイェラは、乳母に「新しい天文台を見た」と言いました。

「ちょうど観天台ができあがっていくところだった。古い天文台を造ったころは、江南(カンナム)から船大工を呼んだというが、今は自国の技術だけであれだけのものができるのだな」

「ええ。でも天文台の引っ越しには、一部の天文官たちは反対しているそうですよ」

「なぜだ？　新しい観天儀のほうが、精密で正確に観測できるだろうに」

イェラの疑問に、乳母は「なぜでしょうねえ」と笑いました。

「天文官たちは変わり者が多いといいますからね」

たしかにそうかもしれない、とイェラはフェソンのことを思い出しました。

近年、巨山では天文学は暦以外に役に立たない研究と見られ、王立学院で天文学を選ぶ人間たちは、「親泣かせ」と言われていました。巨山の王立学院の学費は無料ですが、入るための試験は三国一難しく、合格するには何人もの教師をつけたり、有名な学者の私塾に入らねばならず、「タダの学院に入るまでに一財産使ってしまう」といわれるほどなのです。

しかし、そんな出世に縁のない道をあえて選ぶ天文官たちも、新しい技術には貪欲なはずです。新しい性能のいい観天儀や観天台を造ろうという計画に、なぜ反対しているのでしょう。イェラの心に、久しぶりに天文台への興味が湧いてきました。

「でかけてくる」

イェラは上着を羽織り、乳母に言いました。

イェラはかつて、侍女の背につかまって駆けた道を、灰馬を操って走りました。あのころ、父に禁じられたからというより、母を気遣って遠ざけた場所へ行くことに、もう迷いはありませんでした。父は相変わらず自分につながりのある人間とは思えず、母はすでに、イェラの中では故人だったからです。

（ああ、ここだ……）

古い天文台は、昔と変わらずそこにありましたが、三年前に見たものより、ずいぶんと小さく感じられました。

（なるほど。新しく建て直されるというのも無理はないな）

この建物の傷み具合では、いろいろとさしさわりもあるだろう、とイェラは思いました。

「イエラさま？」

懐かしい声に振り返ると、そこにはフェソンが立っていました。フェソンは、久しぶりに現れたイエラに、深々と頭を下げました。

「ようこそ。天文台へ」

フェソンが顔を上げたとたん、ムサが勢いよく前から飛びかかりました。

「ムサ！」

厳しい叱責の声に、フェソンの顔をなめていた犬の舌がぴたりと止まりました。

「来い！」

さらに厳しい声に、犬はぱっとフェソンから離れ、飼い主のほうに戻りました。

「すまなかったな」

「いいえ」

フェソンは立ち上がり、衣服についた草をはらいながら首を振りました。

「子どもだからな。まだ力の加減がわからないのだ」

「子ども？」

「まだ一歳だ」

　イェラがムサの頭をなでると、フェソンは目を丸くしました。仔馬かと思うほどの巨大な犬が、まだ仔犬だとは思わなかったのでしょう。

「ふだんは聞き分けがいい。だが、気に入った物や人間がいると、自分の体の大きさも考えず甘えてしまう。許してくれ」

「ということは、わたしは気に入られたのでしょうか？」

「そういうことだな」

　フェソンはふっと笑い、ムサをのぞきこむと、わさわさとその首をなでました。その表情としぐさは、誰が見ても犬好きだとわかるものでした。

　かつてのように日暮れまで天文台にいたイェラは、灰馬のところまで送ってきてくれたフェソンに言いました。

「今日は楽しかった。ありがとう」

「いいえ。こちらこそ、久しぶりに楽しゅうございました」

「一つ質問していいか？」

「なんなりと」

「一部の天文官たちは、天文台の引っ越しに反対している。なぜだ？」

和やかだったフェソンの表情に、緊張が走りました。イェラはその緊張を読みとり、

「わたしがその者たちの名を父に言って、罰しようとか冷遇しようなどという気はない」

と言いました。

「そんなつながりは、父とわたしの間にはないし、わたしが見学した後でそんなことが一度でも起きたら、もうこんなふうに好き放題することはできなくなる。わたしはその道に打ちこむ者の話を聞くのが好きだ。その楽しみを、父に頭をなでられるために手放す気はない」

フェソンはイェラの顔をじっと見つめました。その顔には、かつてのような幼さはなく、ほんの数年の間に、その何倍もの年月がたったかのようでした。

「……王さま以外の方にも、他言しないと誓っていただけますか？」

と、フェソンは聞きました。

「誓おう」

夕闇の中を、フェソンは歩きだしました。世間話のように語りたいのだな、と悟ったイェラは、少し離れて歩きました。

「天文台が変わるのは、建物だけではありません。新しい天文台に移るにあたって、予算や人員が大きく削減される見込みです。天文官たちが恐れていることは二つあります。一つはそれによって実測・観察がなおざりにされること。もう一つは、『記録の統一』という名によって、抹消される記録があるのではないかということです」

「記録が抹消される？」

「そうです。その多くは地方の伝承であり、文字にならない人々の記録です。しかし、天文台が創られて以来、何代にもわたる天文官たちは、細かくその聞きとりや、それを裏づける調査をしてまいりました」

たとえば、とフェソンは説明しました。

「西の部族に何百年もの昔にあったという『太陽が闇に喰われた』という言い伝えは、今では日食のことだとわかっています。その年代も、中央天文台に残る記録とぴったり合い、文字を使わない彼らの間にも、正確な伝承が伝わっていることがわかります」

イェラはうなずきました。

「情報は多いに越したことはない。特に誰も見たわけではない昔のことはな」

「そうです。わたしは特に、〈森の民〉の伝承に注目しています」

「森の民？　巨山と沙維の国境に住む部族のことか」

イエラはすぐに思い出しました。

「はい。彼らの間に伝わる星に関する事柄を記録しておきたいと思っていますが、移動する民なので、なかなか難しい。さらに沙維の国にいる民も多いので、おいそれと訪ねていくわけにはいきません」

「なるほどな」

「こういった記録は、そこに赴任した天文官や地元の研究者たちが、何年もかけて苦労して集めたものです。しかし、地方の天文台の予算や人員が削減されてしまったら、中央に報告する実務に追われ、もうそんなことをしていられる時間はなくなるでしょう」

「だが、効率的にはなる。そういった地方の記録の採集は、天文官の本来の業務ではないからな」

フェソンは少し眉間にしわを寄せましたが、「そうですね」とうなずきました。

「本来、わたしたちの仕事は天を見ることです。天文官のなかにも、『我々の仕事は地を這って話を聞くことではない』と言う者もいます。しかし、星の一生にくらべて、わたしたちの一生はあまりに短い。その変化を追うには、先人の記録や伝承は不可欠なのです。それに、一見無駄と思われることも含めて研究することで、その分野はより豊かに発展していくのではないでしょうか？」

「そのとおりだ」

疑問に思ったことは、やはり自分で確かめにきてよかったとイェラは思いました。

「話してくれてありがとう、フェソン。このことは決して口外すまい」

イェラはそう言って、灰馬にまたがりました。


その日から、イェラは再び天文台を訪れるようになりました。本格的な盛夏が近づき、日が暮れても暖かくなってくると、観測にいい季節がやってきます。イェラは夏になったら天文台に泊まり、今度こそ好きなだけ観天儀で星を眺めようと思っていました。

そんなある日、イェラが遠乗りから城に帰ると、馬場でオルム王子が待っていました。オルム王子の顔を間近に見るのは、あの〈花籠屋〉の件以来でした。

（いったいなんの用だ？）

警戒するイェラに、オルム王子は「やあ」と、にこやかに声をかけてきました。その顔はどこから見ても、感じのいい若者でした。

「元気だったか？」

「ええ。兄上も、お変わりなく」

イェラは灰馬の手綱を馬番に渡し、オルム王子に背を向けました。

「今日も天文台か？」

耳元で声がして、イェラはどきりとしました。気がつくと、オルム王子はずいぶん近くに立っています。血縁とはいえ、親しくしたことのない「兄」の遠慮のない行動に、イェラはむっとしました。「今日も」ということは、何度も天文台に行っていることを知っているようで、イェラは嫌な予感がしました。

「ずいぶんと熱心に通っているそうだな」

「星は面白いですから」

「目当ては星だけか？」

イェラははっきりと悪意を感じ、オルム王子に敵意を覚えました。

「疲れているので失礼いたします」

立ち去りかけたイェラに、オルム王子が言いました。

「王がなぜ天文官たちを恐れているか、教えてやろうか？」

「恐れている？」

意外な言葉に、イェラは立ち止まりました。

「〈星の乱〉を知っているか？」

イェラは首を振りました。

「おまえは生まれたばかりだから覚えていまい。少なくない天文官たちが、永久凍土送りになった事件だ。『天の現象を政のために歪曲するな』と、王に異議申し立てをしたのだ。フェソンはその中心人物の一人だった。奴は特別な目を持つゆえに、凍土送りはまぬがれたがな」

「…………」

「新しい天文台に反対する奴らは、『太陽も一つの星だ』などと言いだしている。奴らは太陽に祝福された王家も、そこらの星屑のような民も、みな同じだという。危険な思想だ」

「思想ではなく仮説でしょう？　しかもそんな馬鹿げた話、誰も信じるはずがない」

「王はそうは見ていない」

「なぜ？」

「王に聞け」

オルム王子はにやりと笑いました。

イェラは急いでその場を立ち去り、部屋ではなく書庫に向かいました。

書庫から持ってきた山のような本を積み上げて床にすわるイェラを見て、

「まあまあ、姫さま。なんですか、着替えもしないで！」

と、乳母が声をあげました。イェラははっとして顔を上げ、

「悪い。ちょっと調べ物をしていたのだ」

と立ち上がり、着替えてムサに餌をやり、再び書物に没頭しました。

「何をそんなに熱心にお調べになっているんです？」

「いや……やはり、どう考えても、沙維や江南の天文書にくらべて巨山が一番進んでいるな」

「それはそうでしょう。なんといっても、星については巨山が一番ですよ」

乳母は嬉しそうに言いましたが、イェラは内心複雑でした。

（天文学は巨山が一番進んでいる。だが、その巨山で『太陽も一つの星である』という仮説が出たということは、それなりの根拠があってのことではないのか？）

次の日も、イェラは天文台を訪れていました。まもなく流星雨が見られるとの兆し

があり、そのことについて詳しく聞こうと思っていたのです。

（おっと、鞭を持ってきてしまった）

フェソンがいるという観天台の階段をのぼりかけたイェラは、馬をつないだ庭に戻りかけました。しかし建物を出ようとしたそのとき、

「まったく、イェラ王女とフェソンにも困ったものだ」

と言う声が聞こえました。イェラは外へ出るのをやめ、聞こえてくる声に耳をすませました。どうやら話している二人は、古株の天文官のようです。

「王女が熱心なのをいいことに、フェソンはよけいなことまで喋りすぎだ」

「まったく。これが国王の耳に届き、我々が王女にわざと危険なことを吹きこんでいるなどと見られたら、どう思われることか」

「あの〈星の乱〉で粛清された者たちのようにはなりたくないぞ。フェソンだってもう以前より視力は落ちている。もう特例で許されることはないはずだ」

イェラは鞭を持ったまま、そっと階段をのぼりました。観天儀の前では、いつものように、フェソンが細かい数字を計算し、目盛りを調節していました。

「イェラさま。お待ちしていましたよ」

イェラに気づいたフェソンがにっこり笑いました。

「窓から灰馬の姿が見えたので、まもなくだと思っていましたが、どうなさいました?」

「……なんでもない。今日は帰る」

フェソンは一瞬、不思議そうな顔をしましたが、何かを悟ったようにうなずきました。

「ではまた。天気のよい日にお越しください。まもなく流星雨の季節ですよ」

「そうか。楽しみだな」

イエラは城に戻り、上着を脱ぐと、部屋でムサと転げまわって遊びました。ムサは散歩したうえにたっぷり遊んでもらって上機嫌でしたが、イエラはため息をつき、大きな愛犬の体に寄りかかりました。

「わたしの立場はやっかいだ。おまえのようなものだ、ムサ。人にかかわるときには、自分の大きさを考慮しなくてはならない。小さな犬のように、吠えたり甘えたり、寄りかかったりしてはいけないのだ」

そのとき、部屋の戸を叩く音がしました。イエラがムサの体から離れて立ち上がると、戸の外には、少し緊張した面持ちの乳母がいました。

「王さまがいらっしゃいました」

「え？」

王が正妻と娘のいるこの階を、どれほど前に訪れたのか、イェラはもう思い出すことができませんでした。

「母上の見舞いか？」

乳母は素早く首を振りました。

「イェラさまを、お待ちでございます」

「わたしを？」

久しぶりの父との対面に、イェラもまた緊張しました。イェラは鏡を見て簡単に髪を整え、大きく息を吐いて、父の待つ部屋へ入りました。

「お待たせいたしました」

イェラは床に膝をつき、大きく頭を下げました。顔を上げると、父は不快そうにあたりを見まわしていました。

「噂には聞いていたが、ずいぶん犬臭いな」

「……申し訳ありません」

長椅子に腰かけていた王は、じっと娘を見つめました。そして急に、

「重臣どもが言うはずだ。たしかにわたしの若いころに似ているな、おまえは」

と笑い出しました。

「なるほど。自分が女になったらなどと想像したこともないが、こういう顔になるわけか」

体を折り曲げて、顔を近づける父親に、イェラは不快さに近い居心地の悪さを感じました。ただでさえ忙しい王が、急に訪ねてきたのは、こんなふうに軽口を叩くためではないはずです。

「今日は、なんのご用ですか？」

「たった一人の愛娘の顔を見にきたのだ。それ以外に理由などいるか？」

うそをつけ、とイェラは心の中で毒突きました。

「それはそれは。お忙しい父上に、そんなことで来ていただけるとは、この身に余るご厚意を。ぜひ母上にご報告せねば。どうぞ、一緒にこちらへ」

イェラが立ち上がろうとすると、

「待て」

と、王は言いました。

「その前に一つ、確かめておかねばならぬことがある。おまえは最近、毎日のように天文台にでかけているというが、本当か？」

オルム王子だな、とイェラは思いました。

「毎日ではありません。天文台に聞いて調べてください。あそこはなんでも記録を取っておりますから。わたしがいつ、どれくらい滞在していたか、すべて残っているはずです。そんな間違った報告を父上にしたのは誰ですか？　職務を果たせない愚か者は、処分する必要がありますよ」

　イェラのとぼけた返答に、王は、小さく笑いました。

「相変わらず、可愛げのない娘だなおまえは」

　その言葉とは裏腹に、妙に優しげなまなざしを向けられ、イェラは少しどきりとしました。けれどその優しげなまなざしの奥には鋭い光が宿り、イェラは甘いと思った砂糖菓子の中にあった塩の塊(かたまり)を噛んだような気がしました。

「天文台には、少しやっかいな奴らがいる」

「おや、どんな人々ですか？」

　とぼけてたずねながら、イェラは確信していました。

　三年前と、そして今と、なぜ自分をいつも放任している父が、天文台に近づいたときだけやってくるのか。それは明らかに、〈星の乱〉で粛清された者たちの考えに、娘が感化されるのを恐れているのです。

(あんな、荒唐無稽な説を、この父が恐れている……)

それはイェラにとって、何より仮説が正しいのではないかと思わせるものでした。

「おまえにはやっかいとは感じるまい。むしろ、とても楽しく新しく感じる、そういった人間たちだ。おまえのような賢い娘は、すでに主流の知識を身につけ、飽きている。『こういった見方もある』『こういった考え方もある』という言葉が、非常に重みを持って聞こえる。今まで自分が習ってきた主流なことはみんなうそで、傍流の小さな流れにこそ真実があるかのように……だが、それは錯覚だ」

王の目から、笑みが消えました。

「今あるものの考え方を、批判するだけなら誰にでもできる。よく覚えておくがよい」

「……はい」

イェラは重苦しい気持ちで頭を下げました。そして、部屋を出ようとする父に、こう言いました。

「父上。母上に、会っていってくださいませんか？」

「…………」

「母上は、いつも、誰よりも父上のことをお待ちしています」

「悪いが時間がない」

「ほんの少しでいいのです！　お願いです！」

　やっと王が振り返りました。喜びかけたイェラの耳に、こんな言葉が入ってきました。

「おまえが伝えてくれ。わたしはいつも、おまえたちのことを思っている、と」

「…………」

　王の空しい言葉が、イェラの中で苦みのようにいつまでも消えませんでした。

（いつも思っているだと？　わたしが天文台に出入りさえしなければ、訪ねてなどこなかったものを！）

　それから三日後、新しい天文台がついに完成し、引っ越しが始まりました。

「一部の天文官たちは、まだ反対しているらしいぞ」

「処分されるはずの記録を、こっそり持ち出そうとした天文官が罰せられたらしい」

　そんな噂が耳に入るたびに、イェラは胸がうずきましたが、何もできることはありませんでした。

　その日、イェラはムサを連れ、天文台と反対の方向へ灰馬を駆りました。そして、夕暮れの中を城に帰ろうとしたとき、草原の向こうから天に昇る煙が見えました。

（あれは？）

イエラははっとしました。

「天文台？」

イエラは灰馬を走らせました。西から流れてくる焦げくさい臭いに、嫌な予感がしました。

灰馬が煙を吸わないよう、天文台が見える位置でおり、馬を置いてイエラは走りました。見慣れたいくつもの建物の中央から、黒い煙とともに炎が噴き上がっているのが見えます。

（観天台が！）

ふらふらと炎に引き寄せられるように歩いていたイエラの耳に、

「イエラさま、危険です。離れてください！」

と言う声がしました。顔なじみの若い天文官でした。

「何があったのだ。なぜ、天文台から火が？」

「わかりません。竈か、煙草か……それとも他の何かか」

黒い煙の中に、かすかに油の臭いがしました。重い観天儀をまわすために、油をさすことがありますが、その臭いなのだろうか、とイェラは思いました。そして疑問を持ったときに必ず質問をする相手の顔が、とっさに浮かびました。

「フェソンはどこだ？」

「それが、さっきから姿が見えないのです。ひょっとして古い資料を取りに……」

天文官がそう答えたとき、大きな音がして〈星世見の塔〉が崩れ落ちました。

（まさか……フェソン？）

イェラは声を限りに叫びました。

「フェソン！」

イェラの叫びに、答えはありませんでした。

煙を吸って咳きこみ、涙を流しながら叫び続けるイェラを、天文官たちが安全な場所へと連れてゆきました。

（嫌だ……もう、嫌だ！）

イェラのすすと涙で汚れた顔をムサがなめ、イェラはその大きな体をしっかりと抱きしめました。

この火事で何人かの天文官が、逃げるときに階段で転んで怪我をしたり、書物を持ち出そうと戻って火傷したりしましたが、亡くなったのはフェソン一人でした。

　こうして、三国一を誇った天文台は全焼しました。


　イェラは焼け残った天文台の跡に花を捧げました。

　一緒に来たムサは、変わってしまった天文台のまわりを、ぐるぐると歩きまわり、時折、何か探すように、瓦礫の中に鼻を突っこんでは臭いを嗅(か)いでいましたが、何も見つけることはできませんでした。

「ムサ」

　イェラはムサに言いました。

「おまえの好きだった、あの天文官は、もうそこにはいない。彼はあそこにいるんだ。永遠に」

　イェラは天を指さしました。ムサは不思議そうに空を眺め、そしてイェラの顔を見ました。その顔にはもう、ムサの舌でぬぐうものはありませんでした。

（ああ、天山の巫女のように、どこまでも飛んでゆけたらいいのに。もしも、あの星の向こうまで行けるなら、戻ってこられずとも悔いはない）

　イェラがそう思ったとき、ムサがふいに宙に向かって大きく吠えました。しかし、その方向には鳥どころか虫の影さえなく、いったい何に向かって吠えたのだろう、とイエラは不思議に思いました。

「行くぞ」

イエラは灰馬に乗って手綱を繰り、ムサは大地を力強く蹴って走りだしました。


そのころ、巨山から遠く離れた、雲をつらぬく高い山の上では――。

「昨夜(ゆうべ)はどこに飛んだの？」

と、一人の少女が聞きました。

「雪をかぶった山が見える、広い草原にいたよ。何か遺跡みたいな建物があったよ」

もう一人の、少し年下の少女が答えました。

「この季節に雪？　草原？　それは沙維じゃないわね」

と、年上の少女が言い、二人よりさらに幼い少女が、

「じゃあ、巨山？　すごいわ。香草も使わないで、そんな遠くへ行く夢を見るなんて！」

と言いました。

「うん。でも、犬に吠えられちゃった」

夢を見た少女が答えると、他の二人は大笑いしました。

「そうね。犬には気をつけなくちゃね」

「見えないはずなのに、ときどきこっちに鼻を向けてきたり、吠えてくるのはなぜかしら？」

「犬って、人の魂の匂いがわかるのかな？」

とつぶやく少女に、他の二人はまた大笑いしました。

「魂に匂いなんてあるわけないじゃない。おかしなことを言うのね、ソニン姉さんは」

「あまり笑わせないで。ノアさまに怒られるわ」

「そうよ。わたしたち、笑ったりしちゃいけないのよ。巫女なんだから」

教育係の巫女が来るのを見て、慌てて三人は姿勢を正しました。

六　罠

古い天文台が全焼したため、新しい天文台への引っ越しに反対していた天文官たちの声は、あっというまに小さくなってゆきました。施設も道具もなくては、観測することも研究することもできず、自分たちの主張を取り下げるしかなかったのです。

そして、巨山（コザン）に本格的な雪が降り始めたころ、新しい天文台は正式に使われ始め、その記念にと、城の広間に巨大な「天象之図（てんしょうのず）」がお披露目されました。

「天象之図」とは、巨山で初めて、時の王の命令により作られた正式な星図で、約百年前の星空が正確に記されているとされたものでした。

しかし、それは六十年ほど前の戦乱の折、江南（カンナム）との国境の河に沈み、「幻の星図」とも呼ばれていました。今回お披露目されたのは、王の一声で復元された新しい星図でした。

　磨きぬかれた巨大な黒曜石（こくようせき）の板には、北天の星々が描かれています。大きな星は瑪瑙（めのう）や孔雀石（くじゃくせき）や虎目石（とらめいし）や紫水晶（むらさきすいしょう）など、「巨山の四宝」と呼ばれる宝石や金剛石（こんごうせき）、そしてその他の星々は、まばゆい銀の粉が埋めこまれていました。

「なんと美しい……」

「まるで夜の湖に映った天の姿を、そのまま凍らせたかのようだ」

「こんな星図は、とても沙維（サイ）の国や、江南の国にはできまい」

　人々は口々に星図と、それを作らせた王を褒め讃えました。しかし、イェラはその星図に、何かが足りないことに気づきました。

（朱烏（あけがらす）の星が、ない？）

　イェラは黒曜石に顔が映るほど目を近づけ、星図の中心近くにあるはずの赤い星を探しました。しかしやはり、この星図のもととなった百年前の記録にはあったはずの大きな星がありません。すべての星の中心になる〈北天星〉――天帝（てんてい）と呼ばれるその星と対になる、地上の王の星が抜けているのです。

　ありえない欠陥に、まさか宝玉が盗まれたのでは、とすら考え、イェラは石のくぼみを探しましたが、そこには星の痕跡さえ見られませんでした。

（誰も気がついていないのか？）

そんなはずはあるまい、とイェラはこのお披露目に呼ばれた天文官たちの顔を見ましました。しかし、天文官たちはみな、星図の他の場所を指さしてはしきりに感心し、王族や役人たちと談笑していました。今日という晴れの日に城に招かれ、この星図を見ているのは、新しい天文台とその体制に賛成した者ばかりでした。新しい天文台の役職に選ばれたのは、そういった人々だったのです。

（そういうことか……）

イェラは理解しました。かつてフェソンから聞いたことがあったのです。

〈朱鳥の星〉は、イェラが生まれる数年前に、赤く巨大に燃えて消滅したと。巨山王家の星が消えるなどという不吉なことは、口に出すのも恐ろしい禁忌（きんき）となってゆき、それを記録するかどうかで、天文官たちの間でも意見が分かれたというのです。フェソンは多くを語りませんでしたが、〈星の乱〉が起こったのも、どうやらそれがきっかけになっていたようでした。

「事実は事実として残しておくべきだという人々のおかげで、まだ天文台の中の書物には、〈朱鳥の星〉のことはのっています。でも新しい星図からは、最初からそんなものなどなかったかのように消えてしまった。やがて、すべての記録から消えるときが来るでしょうね」

ついにフェソンの言ったとおりになった、とイェラは思いました。新しい天文台の建設は、よけいな地方の伝承や、よけいな記録、そしてよけいな人間を整理するためのものだったのです。

唇をかみしめ、イェラは黙って星図から離れました。

新しい天文台を、イェラが訪れることはありませんでした。

外出そのものもあまりせず、ムサにせがまれて遠乗りにでかけても、以前のように日暮れまで走りまわることはなくなりました。すっかり色のなくなった草原に残る、黒い瘤（こぶ）のような天文台の跡を見ると、悲しいというより、ひどく空しく、イェラは自分が何十歳も年をとったような気がしました。

長い冬の日々の多くの時間を、イェラは部屋で怠惰に過ごしました。ムサの散歩も人にまかせ、乳母に頼んで書庫から取り寄せた本を読む以外することもなく、ときには一日中だらだらと寝台の上で過ごすこともありました。窓の外は、鉛色の空と強い風に舞う雪ばかりで、冬は永遠に終わらないのではないかとさえ思えました。

しかし、しばらくぶりに晴れた朝、そんなイェラのもとを、一人の客人が訪れました。

「イェラさま、ソグさまです。お祖父さまがいらっしゃいましたよ」

乳母にそう告げられたイェラは、すぐにはそれが誰か思い出せませんでした。父方の祖父母も、母方の祖母も自分が生まれる前に亡くなり、母方の祖父のみが存命でしたが、その記憶はありません。手紙をやりとりしたこともなく、母の口にもその名がのぼることはありませんでした。乳母に急かされ、とりあえず着替えて簡単に髪を結い、自分の部屋を出たイェラの前には、一人の小柄な老人がすわっていました。

「おお、イェラ。久しぶりだな」

祖父ソグはイェラの顔を見るなり破顔し、親しそうに手を伸ばしてきました。イェラは記憶の底から、数年前の式典で親族席のすみに立っていた顔を思い出しました。長身の父の一族にくらべて母の家系はみな小柄でしたが、そのなかでもひときわ小さく、髪の毛がほとんどない頭は体に対して大きく、影だけを見たら子どもかと思うような人でした。尖った鼻を中心に、きゅっと寄せ集められたような目は険しく、口はへの字に引き結ばれ、見るからに気難しそうでした。特に父を見つめる表情には、苦々しさがこもっていましたが、今日の祖父は打って変わって朗らかでした。

「お久しぶりです」

イェラが頭を下げると、その肩をソグはぐっと抱きしめました。小柄なソグの顔の高さは自分とそう変わらず、その息から漂う老人の臭いに、イェラは顔をしかめました。

「いくつになった？」

椅子にかけなおしたソグは、乳母のいれた茶を飲みながら、親しげに孫娘にたずねました。

「十三です」

「そうか。ますます母に似てきたな」

「は？」

イェラは面食らいました。長身も骨張った顔立ちも低い声も、イェラはどこから見ても父親にそっくりだと言われ、先日は王自身にもそう言われたばかりでした。いくらそう言われても、イェラ自身は半信半疑でしたが、城の工房を見学に行ったとき、そこにしまわれていた少年時代の父の肖像画を見て、なるほどと納得しました。

「わたしは、父に似ているとよく言われます」

「もちろん父にも似ている。だが、片親だけに似ている子などいるものか。おまえは若いころの母にそっくりだ」

「………」

イェラは、妙に愛想のよいソグの言葉に、違和感を覚えました。

（なぜ急にやってきて、そんなことを言うのだろう？）

正直なところ、イェラは久しぶりに会った祖父に、親しみが湧きませんでした。遊んでもらったり可愛がられたりした思い出どころか、記憶そのものがほとんどないのです。あるとしたら、数年前の式典くらいですが、それもあまりいい記憶ではありませんでした。

（あの式典の後、祖父は母を責めていた。たしか、『わたしを馬鹿にするな』『おまえもあの男の味方か』とかなんとか言っていたような気が……）

イェラの脳裏に、唾を飛ばしながら母を責めたてるソグの横顔と、『お父さまの望んだことではありませんか』と泣きながら言い返す母の顔が浮かびました。あのとき、扉の隙間からそっとのぞいていたイェラを、乳母は優しくうながし、外へ遊びに連れ出してくれました。

「イェラ、聞いているか？」

ソグの声に、イェラははっとしました。

「はい。お祖父さま」

「では、今度、館に遊びにくるがいい。おまえは天文学なども好きだというが、わたしのところには、ずいぶん古い星図もある。見せてやるぞ」

「はい。ぜひ」

　イェラは社交辞令ではなく、本心からうなずきました。血縁としてのソグに興味はありませんでしたが、かつて「小さな知の巨人」と謳われた祖父の所有する館への招待には、眠っていた心が、わずかに動いたのです。

　ソグが帰った後、イェラは部屋にこもった他人の臭いを消すために、窓を大きく開け放ちました。外の冷気に身震いしつつ、イェラは久しぶりに天を仰ぎました。黒曜石よりも深い漆黒（しっこく）の空に、地上のどんな宝石よりもまばゆい星々が輝いています。

（星図か……）

　イェラの脳裏に、古い天文台で失われたものたちが浮かび、そしてなぜかカナンの顔が浮かびました。イェラは、子どものころから不思議に思っていました。亡くなった人々が星になるという伝説は、なぜ各地にあるのか――その問いの答えが、今わかったような気がしました。

（それはきっと、遠くだからだ。自分が生きている間には、決して行って帰ってくることはできない。だが彼らは、いつもすぐそばにいるような気もする。すぐ近く、手は届かないが見えるところに。そんなふうにも感じられるからだ）

イェラは窓を閉め、隣にいるムサに言いました。

「明日は久しぶりに、一緒に外へ出よう。ずっと放っておいて悪かったな」

ムサは、くうんと甘えた声で鼻をこすりつけ、イェラはよろけて笑いながら尻餅をつきました。


イェラの部屋を出たソグは、にやりとほくそえみました。

巨山では強引な手腕で王都に権力を集中させてゆく王に対し、地方から、また都にも不満の煙が上がり始めていました。それらはまだ小さな火種でしたが、それらを合わせ、あおって大きな炎にしようと計画する者が、あちこちから現れていたのです。

その一人がこのソグでした。

ソグはかつて、兄と王位継承を争った現在の王を支持し、自分の娘を嫁がせました。先代の王に、二人の王子のうちどちらを後継ぎにしたらよいかと相談されたソグは、弟王子のほうを推薦しました。その理由は単純で、家庭教師をした自分に素直で、学院でも自分の講座を選んだというだけでしたが、後にソグは、それを深く後悔することになりました。

ソグは即位した娘婿が民に支持される政策を考えるだけでなく、演説の原稿を書き、話し方を教え、知識層には新王への支持を訴えました。

「本当に、彼は大丈夫なのか？」

「どうも彼の言葉には、心が感じられない」

と言う人もいましたが、ソグはそれを否定しました。

「いやいや、それこそが彼の優れた資質なのだ。自分の知識も政策も定かではないからこそ、さまざまな声を吸収し成長してゆく。これからの王なのだ」

そして巨山の知識層は王の可能性に賭け、民は若さを支持しました。

しかしソグは次第に、王の自分への処遇に不満を抱くようになりました。

（誰のおかげで王になれたと思っているのだ！）

城を出たソグは、天を目指すような塔を見て、心の中で吐き捨てました。王に対する不満分子を集め、反乱を計画するソグは、その象徴となる人物を探していたのです。

（イエラは使える。まったく、あの年頃の娘にしては恐ろしいほど身なりにかまわないのが難だが、見られないほどではない。それより王に似ていることのほうが大切なのだ。受け答えもまあまあしっかりしている。短い演説の一つも仕込めば、それなりに役に立つだろう）

そんなことを考えながら、城を後にするソグのことは、すぐに王に伝えられました。

「なに？　あの老いぼれがイエラに？」

王は顔をしかめました。

「今さら孫が可愛いなどという理由ではあるまい。いったいなんの用だ？」

義父と娘を見張るようにと、王は部下に命じました。


その後、イエラのもとにはソグから、何度も本や手紙が届きました。それらの本は城の書庫にもない貴重なものばかりで、手紙には繰り返し、「遊びにくるがいい」と書いてありました。

最初は急に近づいてきた祖父をいぶかしく思っていたイエラも、そういった贈り物が続くうちに、警戒する気持ちは薄くなっていきました。何より巨山の長い冬は退屈でした。寝たきりの病人のような母との空気は重苦しく、天気がよければ灰馬に乗り、ムサを連れて遠乗りすることもできますが、吹雪くとそうもいきません。特に今年は秋から天候が荒れやすく、室内に閉じこめられることが多かったのです。

自分から閉じこもっていたときには気にならなかった母親の存在に、イエラは再び息苦しさを感じるようになっていました。

（一度くらい、行ってみるか）

ソグの館は馬で半日です。かなり大きな館だと聞いているので、天候が崩れても何日か泊めてもらえるでしょう。

何日かの吹雪の後、真っ白な草原が輝く朝、イェラは乳母に置き手紙だけを残し、灰馬に乗り、ムサを連れてソグの館に向かいました。イェラはソグの館で、思う存分、古書や珍書、奇書に没頭するつもりでした。

あまり親しくないとはいえ、学者の祖父とは書物やいろいろなことについての会話も楽しめるかもしれない――イェラはそんな淡い期待も抱きました。

しかし、荒野の館でイェラを待っていたのは、そんな甘い想像を打ち砕くものでした。

静かなはずの〈知の館〉に近づくにつれ、イェラの鼻は風に乗ってくるかすかな臭いを感じました。

（動物？）

それも一頭や二頭ではない数を思わせる、強い臭いがしました。乗馬をしないソグの館には、橇を引く数頭しか馬はいないと聞いています。動物が好きではないので、番犬も、可愛がるための猫や小鳥もいないと。しかし、近づくにつれて生き物の臭いが濃くなってゆくのは、気のせいではないとイェラは感じました。

馬と並走するムサもまた、うなったり吠えたり、他の動物の臭いを嗅いで気が立っているのがわかりました。それは少なくとも数十頭を超す、馬の臭いでした。そして木々を燃やし、煮炊きする煙やたくさんの人間の臭いも感じられました。

イェラはいったん灰馬を止め、あたりを見まわしました。祖父は人嫌いで、付近に村や集落のない場所に館を建てたと聞いていましたが、何か新しい集落ができたのではないかと思ったのです。しかし、そんなものはどこにも見あたりませんでした。

（この臭いと人の気配は、お祖父さまの館からか？）

なだらかな高台の上にのぼると、草原の向こうに祖父の館が見えました。高い塀で囲まれた祖父の館からは、何本もの煙が薄く立ち昇るのが見え、かすかに馬の鳴き声や、馬具のような重い鉄器がぶつかる音が聞こえてきました。

イェラの母をはじめとする祖父の子どもたちは、みな別な場所で暮らしているはずです。今は数人の使用人しかいないはずの祖父の館で、いったい何が起きているのでしょう。イェラは動悸が速くなってきました。

館の門の前には、二人の男が立っていました。しかし、それは門番というより、手持ち無沙汰で塀に寄りかかって話をしているだけのようでした。

(このあたりの者ではないな)

獲ったままの形で、爪や歯や目をくり貫いた穴などが開いた生々しい毛皮を身にまとった男たちの姿に、これは辺境の部族だ、とイェラは直感しました。

何より二人は、イェラの姿を見ても、挨拶をするでもなく、見咎めるでもなく、ただぼうっとしています。巨山の民ならばイェラの顔を見たことがない者たちでも、王家の紋くらい知っているはずでした。

(この鞍や上着の留め具についた王家の紋を見ても、反応がない。よほど奥地の民だな)

まだ巨山の民として歴史の浅い、組み入れられたばかりの人々なのかもしれない、とイェラは思いました。イェラは灰馬を歩ませ、二人にかまわず門の中に入ってゆきました。

(これは……!)

イェラは一瞬息を呑みました。そこはまるで、戦場の野営地のようでした。

庭のあちこちに天幕が張られ、何十頭もの馬がつながれています。あちこちの焚き火を囲んですわったり立ったりしている男たちはみな、門に立っていた男たちと同じような姿でした。かなり広いはずの祖父の館は、ぎっしりとつめこまれた馬と人で狭く感じられました。

突然入ってきたイェラに、人々は振り向き、近寄り、じろじろと遠慮のない視線を投げつけましたが、門のそばにいた男たちと同様に、イェラが王女だとは気づかないようでした。

人々の年齢は三十から五十くらいが一番多く、なかにはかなり老齢な者も、十五、六の少年にしか見えない者もいました。そんな人々の間を進んでゆくと、

「誰だ？」

「あれは、誰だ？」

といった声が、ざわめきのように広がってゆきました。そしてそのざわめきに気づいたのか、館の中央にある二階の窓が開きました。イェラが顔を上げると、そこにはソグが、突然やってきた孫娘を驚いて見つめていました。イェラが、

「お祖父さ……」

と言いかけたとき、ソグの顔ににやりと笑みが浮かびました。それは孫が訪ねてきたのを喜ぶというより、別な目的が果たされたのを喜ぶ顔でした。

「おお、来たか。イェラ!」

ソグはわざとらしく大声で孫の名を呼びました。そのとたん、庭の中から、

「イェラ?」

「イェラ王女?」

と声があがり、人々がイェラのまわりに集まってきました。

「お待ちしていました。あなたは来ると、あの人は言っていた」

「王の子でありながら、俺たちの味方だと」

「イェラさまが来てくれたぞー!」

呆然とするイェラのまわりから沸き起こった喜びの声が、館の庭中に響きわたりました。


「お祖父さま、あれはいったいどういうことです?」

二階の部屋で、イェラはソグにつめ寄りました。すぐそばにある、さっきソグが自分を見おろした窓からは、下の庭にいる人々の喧噪が聞こえてきました。

「なぜ、お祖父さまの館に、あんなにたくさんの人が集まっているのです? 馬に武器まで用意して。なぜですか?」

　ソグはあっさり答えました。

「王の圧政に苦しむ民が蜂起したのだ」

「蜂起？　いつですか？」

　そんな報告は城に届いていません。

「この秋の取り立てが終わってからだ。高い税に苦しむ民が王に直訴すべく集まったのだ」

「それがなぜ、お祖父さまのところに？」

「それは彼らに聞いてくれ。まあ、おそらくわたしを、王より信頼に値する人物だと思ったからだろうな」

　ソグは得意げに笑いました。

「……では、お祖父さまが、彼らの代表だと見ていいのですか？　この反乱の首謀者だと」

　イェラの質問に、ソグは激昂しました。

「反乱ではない！　いいか、イェラ。乱というのは、世を乱すという意味だ。我らは世を乱しているのではない。乱れた世を、正すために集まったのだ。正しく導く戦いのために」

イェラは信じられませんでした。三国一の武力と統率力を誇る巨山の正規軍と、あんな寄せ集めの人々が、互角に戦えるはずはありません。

「お祖父さまは、その戦に勝ち目があるとお思いですか？」

「いや。だが、これだけは言える。彼らの自由を求める心は何よりも強い。あんな汚れた王の持つ軍隊の剣や盾よりもだ」

イェラはぞっとしました。あの庭にいる人々の妙にのんびりとした緊張感のなさは、万全の準備をしたうえでの余裕とはとても思えませんでした。甘言に釣られた人々の、なんとなく誰かに従っていればうまくいくだろうという甘さのようなものを感じたからです。

「作戦はあるのですか？」

「作戦などなくてもいいのだ。彼らは精一杯戦ってくれさえすれば。おそらく、この戦いは失敗する」

「えっ!?」

「だがきっと、彼らの勇敢さは讃えられ、人々に語り継がれてゆくだろう。そのための戦いなのだ。そしてイェラ、おまえも彼らと一緒に伝説になるのだ」

「伝説？」

ソグのわけのわからない妄想に、イェラはめまいがしてきました。

「王の子でありながら、民の味方になり、父に反旗を翻した姫君として、おまえは語り継がれるだろう。ときには優しく慰め、ときには勇ましく励ます、彼らの母であり、姉であり、妹であり、娘であり、そのすべてである存在として、おまえの名は謳われるのだ」

イェラは啞然とし、やがてむかむかと怒りが湧いてきました。

(母だと？　姉だと？　妹や娘だと？)

「お祖父さまは間違っています」

イェラは大声でソグに言い放ちました。

「誰が負けるための、死ぬための戦いなどしたいものか。これではただ、お祖父さまが私怨を晴らすために彼らを利用しているだけではないですか」

そして自分もまた、祖父の駒だったのだ、とイェラは悟りました。

(馬鹿だった。ただ、あの場所から逃げ出したいと、何も考えずにこんなところに来てしまった。自分を顧みなかった人間が急に近づいてくるなど、下心があると気づくべきだった！)

考える力が弱まっていたのだ、とイェラは思いました。カナンやフェソンの死に打ちのめされ、考えることを放棄していたのだ、と。

イエラはいったん脱いだ上着を再び羽織り、祖父に告げました。

「お邪魔いたしました」

「待て！」

部屋を出ようとするイエラを追いかけたソグは、骨張った手で、その腕をつかみました。目が血走った形相に、イエラはぞっとして手を振りはらいました。そのとき、廊下を走る音がしたかと思うと、使用人らしき男が部屋の戸を開けて飛びこんできました。

「どうした、ヨンソル」

「旦那さま、大変です。王さまの軍隊が！」

「なに？」

ソグが庭に面した窓を開け、イエラもその後ろから外を見ました。庭の向こうの草原の彼方に、あの演習で見た石のように整然と並ぶ兵士たちの姿が見えました。

その数はおよそ三百騎ほどで、ただ人を探しに、あるいは迎えにきた人数とは思えません。おそらく、この館に武器を持った民が集まっていることを知った王が差し向けたのでしょう。

（早い！）

イェラは自分がいないことを知った乳母が置き手紙を見て、父に知らせたのかと思いましたが、それにしては手際がよすぎました。

実はイェラが城を抜け出したという報告を受けた王は、すぐに軍隊を整列させ、ソグの館に向かわせていたのです。

七　首謀者

イェラは椅子の背に寄りかかり、腕を組んで目を閉じました。

(さて、お祖父さまはわたしをどうする？　人質として父に対する切り札にするか？

いや、それでは王女たる孫をむりやり利用したことがすぐバレる。わたしはあくまで祖父の考えに共鳴した者として使いたいはずだが……)

とりあえず味方を守るための「盾」として使われるようなことはないだろう、とイェラは予想しました。だいたい、そこまで祖父が味方を守りたがっているとは思えません。

(勝ち目がないのはわかっているとお祖父さまは言った。最初から負けるのは覚悟のうえ、目的は裁きの場で王の政策を批判し、自分の考えを主張することか？)

この戦いで、祖父が殺されることはない、とイェラは思いました。おそらく軍の者たちは、祖父と自分を殺すなという命令を受けているでしょう。王とはいえ、義理の親を殺すのは大罪です。子殺しより罪は重く、民からの強い非難も避けられません。祖父は「自分は殺されない」とわかっているから強気なのです。

（だが、今集まっている地方の者たちは、ただの『逆賊』。皆殺しにしたところで、非難はない。むしろ、これを機に地方の不満分子を一掃できる。なんだ。これではお祖父さまのやっていることは、父上にとって、願ったり叶ったりじゃないか）

イェラは、祖父をあざ笑う父の顔が、目に浮かぶようでした。そして、そんな父と祖父の確執に振りまわされている自分が空しくなり、急におかしくなってきました。

「何を笑っている、イェラ？」

祖父に叱責され、イェラは目を開けて立ち上がりました。

「失礼いたしました、お祖父さま。でも、あなたを笑ったのではありません。笑ったのは、この我が身です。あまりに浅はかな企ての駒として使われようとは……」

イェラがそう言ったとき、急に外から大きく馬のいななく声や叫び声が聞こえてきました。

「なんだ？」

窓から外を見ようとしたイェラを、ヨンソルと呼ばれた男が押し倒しました。

「何をする？」

「伏せてください！」

有無を言わせぬ声で叱責され、イェラが思わず身を伏せると、開いた窓から黒い針のようなものがヒュッという音とともに飛びこんできました。

床に突き刺さったそれが軍隊の矢だとわかると、イェラは庭から聞こえてくる人々の叫び声の意味を瞬時に悟りました。

(攻撃してきた？　わたしがここにいるのはわかっているのに！)

予想外の出来事に、イェラは恐怖と怒りで体にふるえが走りました。床に顔をつけながら祖父はと見ると、窓の真下で頭を抱え、体をすくめ、同じように必死の形相でふるえていました。矢の雨はしばらく降り注ぎ、部屋の床にはさらに数本が突き刺さりましたが、やがて外の叫び声はほとんど聞こえなくなりました。

イェラを庇うように体を伏せていたヨンソルは、ゆっくり身を起こし、窓からじっと外を見つめました。イェラも起き上がって近づくと、ヨンソルは首を振りました。

「ごらんにならないほうがいい」

「…………」

イェラは窓から離れ、部屋を出ると、廊下を走り、階段をおりて庭に出ました。

そこでは、先ほどまでの、のどかさすら漂うような風景が一変していました。庭には、突然生えた奇妙な草のように矢が林立し、馬や人々が倒れ、血の臭いが満ちていました。

(なぜ、こんな……誰一人まだ弓を引いたわけでも、刀を抜いたわけでもないのに……)

こみ上げる吐き気を抑え、すわりこむイェラの前に、建物の陰や味方の下敷きになって生き残った人々が、よろよろと歩み出てきました。人々は親しい者の名を呼びながら亡骸(なきがら)にすがりつき、地面を叩きました。

(お祖父さまに騙されさえしなければ、こんなところで殺されることもなかったのに！)

イェラの中で、祖父に対する憎悪と、自分と同じように甘言にのせられた人々に対する思いが沸き上がってきました。号泣していた人々は、やがて、

「畜生！」

「反撃だ！」

と、口々に叫ぶと、武器を取り、馬を引いてきました。幸い、馬屋は館の裏手にあったので、ほとんど無傷でした。しかし、それに乗れる人々はわずか数十人で、矢傷

を負った体をどうにか馬に乗せようとしては、ずり落ちてくるような者もいました。

(だめだ。まともに戦っては、おまえたちもただ殺されるだけだ)

そしてこの館に火でもかけられれば、彼らの声など誰にも届くことはなく、なかったことにされてしまうでしょう。あの、〈朱鳥の星〉のように。

(そんなことはさせない)

イェラは立ち上がり、馬からずり落ちては「おまえは無理だ」と仲間に諭され、「嫌だ、行く! 父さんの敵(かたき)を討つんだ!」と言い張る、自分と同じくらいの少年に言いました。

「傷を負っても動ける者は、動けない者の手当てをしろ。そのかわりに、わたしが行く」

あたりにいた人々の手が止まり、驚いたようにイェラを見ました。

「本当ですか……イェラさま?」

少年がイェラにたずねました。イェラはうなずき、

「早く傷ついた者の手当てを。湯を沸かし、傷を洗って薬を塗るのだ。手当てが遅れれば取り返しがつかないぞ!」

と、人々に呼びかけました。すると、

「イェラさま。湯を沸かす薪がありません。ここで野宿している間に使いきってしまって」

と、誰かが言いました。イェラは舌打ちしつつ、

「書庫へ行け。いくらでも、燃えるものがある」

と命じました。ところが、

「待て！　勝手なことは許さんぞ」

と言う声がし、振り向くと、館から出てきたソグが、わなわなと両手をふるわせながらイェラを睨みつけていました。

「わたしの蔵書を、いや、書物をなんだと思っているのだ。この馬鹿娘が！」

「馬鹿娘でけっこう。人の役に立たない書物など、なんの意味がありましょう」

そう言いつつも、イェラは書庫にある本に、そう価値はないとわかっていました。この館にあるだろうと見ていた古書や希少本の類はみな、祖父の部屋の書棚に並べられていたからです。しかし、自ら集めた人々を館の中にすら入れていなかった祖父は、土ぼこりと血で汚れた人々が、自分の蔵書に触れるなど許せないようでした。

「待て！　止まれ！　許さんぞ！」

と、ソグは叫び続けましたが、人々は次々と書庫に入っては分厚い本を運び出し、

火にくべてゆきました。そして、そのなかにはあのヨンソルもいました。イェラは驚きつつ、薬や食料の場所も人々に教えてくれたヨンソルに礼を言うと、ヨンソルは首を振りました。

「わたしも彼らと同じ辺境の出です。ソグさまの言葉を信じてついてきたが……」

ヨンソルはイェラの前に膝をつき、頭を下げました。

「今は、あなたがこの館の主。そして、わたしたちの主です。イェラさま」

そのころ、館を見おろす高台では、弓矢での攻撃を終え、次の攻撃の準備をする兵士たちの前で、隊長と将軍が言い争っていました。

「なぜ弓を射た！　あの館にはイェラさまがいるのだぞ。当たったらどうするつもりだ！」

激昂する将軍より、やや若い隊長は答えました。

「この隊の指揮官はわたしですよ。それに王さまからお許しが出ています。『王女は室内にいるだろう。外の者は討ってよい』と」

「それは王女が室内にいると確認したうえでの指示だ。馬鹿者め」

隊長はむっとしたように、腕組みしました。

「将軍、あなたは希望してついてこられた身だ。わたしが王さまにじきじきに命じられたのです。黙っていてください」

兵士たちは、はらはらしながら二人の会話を聞いていました。将軍は王の縁者で軍の実力者でしたが、最近は王にいろいろと忠告しすぎて、煙たがられていると聞きます。一方の隊長はタウム王子の母親の弟で、これからどんどん出世していくだろうと見られていました。

「もちろん、王女の姿が見えたら真っ先にお助けしますよ。王さまだって、ご心配なさっているはずですからね」

そう言う隊長のために、兵士たちを混乱させては、と将軍はその場は退きましたが、内心は複雑でした。

（先ほどの命令では、もしイェラさまに何かあっても事故、あるいは、こんなところへ自ら来たのだから自業自得だというようなものだ。なんということだ。王は王女に興味がなく、王妃もまた王子を生むことに固執し、幼いイェラさまを顧みなかったというが、イェラさまは、そんな大人たちの間で育ったのか……）

将軍は遠戚にあたる王の性格を見抜いていました。力のある者は出自にかかわらず取り立てる王は、一方で冷徹なまでに力のない者を切り捨ててきました。

(自分の子でも、そういうことか。だが、王よ。あなたは間違っている。イェラさまは他の王子たちよりずっと聡明で、強靱な精神を持っている)

将軍は「変わり者」といわれるイェラの資質もまた見抜いていました。

(イェラさまを、こんなところで死なせるわけにはいかない。必ず無事に連れ帰るのだ)

そう決心した将軍の耳に、見張りの声が響きました。

「奴らが来ます!」

将軍が遠眼鏡(とおめがね)をのぞくと、館の門から数十騎の馬に乗った人々が出てくるのが見えました。

「およそ五十騎。奴らの今の総戦力だと思われます」

「よし。奴らを倒し、館にいるイェラさまを救い出すぞ。行け!」

隊長の号令によって、三百騎の兵士たちが五十騎を取り囲むように走りだしました。数も武器も違う兵たちに、狩りのような装備しか持たない人々は、すぐに討たれ、捕らえられるはずでした。しかし戦闘が始まってまもなく、隊長も将軍も、その様子がおかしいことに気づきました。

圧倒的な力を持つはずの兵たちの先頭が、彼らの中に踏みこめず、満足に剣もふるっていないのです。戸惑う兵たちに、相手は容赦なく切りこんでくるので、隊列はどんどん崩れてゆきました。

「なんだ？　いったいどうしたというのだ？」

遠眼鏡をのぞいた隊長が、「あっ！」と叫びました。

「どうした？」

「あれは、まさかイエラさま……？」

隊長と同じ一点を、遠眼鏡で見た将軍は、我が目を疑いました。

（なんということだ……！）

灰馬に乗り、二つの勢力の真ん中で戦っているのは、間違いなく自分が剣を持たせたこともあるイエラ王女でした。

「退却！　退却だ、兵を撤退させよ！」

兵士たちは敵に近づいてゆく時点で、薄汚れて粗末な武器を持った人々のなかに、たった一人、少女がいることにも驚きましたが、それが誰あろう王女だということに気がつくと、大混乱になりました。

「お、王女さまがなぜ？」

「我々は、イェラさまを助けにきたのではなかったのか？」

「止まれ、止まれ！」

先頭の兵がそう号令をかけたときには、もう後戻りはできないところまで馬たちが進んでいました。何より味方の血にまみれた人々は、迷いなく雄叫びをあげて切りこんできます。兵士たちは、「やめろ！」「イェラさまを傷つけるな！」と言いながら、身を守るので精一杯でした。後方に指示を仰いだ兵士たちは、やっと退却の命令が出ていることに気づき、文字どおり命からがら戻ってきました。

そしてイェラたちもまた館に戻りました。イェラが館の庭に入ってくると、傷の手当てを受け、戦いを見ていた人々が、わっと灰馬のまわりに集まりました。

「やりましたね。イェラさま！」

イェラは肩で息をつきながら、馬からおりました。初めての経験に足がふるえていましたが、それを悟られないよう大きく足を広げて立ち、

「みな、よくやった」

と、声を張り上げました。イェラの後から戻ってきた男たちは、兵たちの落とした武器や装具を持ち帰り、それらを見た人々は、さらに歓声をあげました。

「やった、これで、もう一勝負できるぞ！」

しかしイェラは人々に言いました。

「武器を置け。わたしはこれから、父との交渉に行ってくる」

「なぜです？　まだ戦えます」

「『戦え』と言ってください、イェラさま」

自分を最後の希望の光のように見る人々に、イェラは苛立ちました。

（なぜ、わからないのだ？　もうこれ以上戦っても、死者を増やすばかりだ）

さっきのは幸運な勝利ですらない、とイェラは思いました。自分がいることをわかっていて攻撃を許す父は、「状況によっては王女を助けられなくてもしかたない」と言っただけで、あえて「殺せ」という命令を出したわけではない、とイェラは読み、戦いに出たのです。兵士たちの戸惑いと、それによる攻撃の乱れが、それを裏づけていました。

（だが、このわたしの『裏切り』が城に伝えられれば状況は変わる。父は躊躇せず『殺せ』と命を出すだろう。彼らと一緒に）

残念ながらここが切りあげどきだ、とイェラは思い、

「おまえたちは、もう……！」

と言いかけましたが、とっさに次の言葉に変えました。

「おまえたちは、勇敢だった。もう充分だ」

イエラはほほえみ、涙をこらえるように唇を嚙みしめました。

「みなの戦いぶりは、さぞ王の兵たちをふるえあがらせただろう。みなの怒りは、これほどのものだったのかと、父はあらためて知っただろう。おまえたちが故郷を離れ、ここへ来た目的はなんだ？　ただ死ぬためか？　王に窮状を訴えることか？　どちらが残してきた者たちのためになるか、考えてみよ！」

一時の勝利に酔いかけていた人々は、しんと静まりました。

「これ以上、力を見せる必要はない。次は言葉で伝えるのだ。なぜ、おまえたちが故郷に愛する家族を残してこなければならなかったか、別れと死を覚悟して王に刃を向けねばならなかったか――わたしは、父に伝えよう。おまえたちと一緒に、手を汚したわたしが」

イエラは人々に、両の手をかざして見せました。人々は息を吞み、イエラの白い手についた赤い汚れを見つめました。人々の目には涙が浮かび、すすり泣く者もいました。

「誰か、わたしのムサを連れてきてくれ」

イエラは灰馬の綱を引き、ムサを連れて門の外に出ました。

館から、灰馬に乗り、白い犬を従えた人物が出てきたのを見て、将軍はすぐに、

（イェラさまだ！）

とわかりました。

「わたしがお迎えにいく」

と言う将軍に、

「危険です。館から矢でも射られたら……」

と隊長は言いましたが、

「イェラ王女に当たる危険があるようなことを彼らはするまい」

と、将軍は答えました。

将軍はイェラの前に来ると、馬をおり、膝をついて頭を垂れました。

「お迎えにまいりました」

イェラもまた馬をおり、「ご苦労だった。ありがとう」と、将軍に言いました。

「彼らにもう戦う意思はない。王への要求は、彼らの代理としてわたしが伝える」

「なぜ、あなたがそこまでする必要があったのです？」

「一緒に戦った者でなければ、彼らは心を許さないだろうと思った」

将軍はうなずきました。寝食をともにし、同じ仕事や同じ訓練をした者の結びつきが強くなることを、自分の経験からよくわかっていました。

「その傷、自分でつけられましたね？」

イエラは手近にあった布で巻いた、両の掌を見つめました。布には血が赤くにじんでいました。

イエラは何も言わず、その手を握ってそろえ、差し出しました。

「縄を。わたしは罪人だ」

将軍は、イエラの手を縄で縛りました。

館にいた人々は、いったん故郷に帰されることになりました。縄をかけられたイエラを見て、自分も一緒に捕らえてくれと言う者もいましたが、

「まずは帰るのだ。そして親兄弟や、妻や子どもたちを安心させるがいい」

と言うイエラの言葉に、人々は涙を流してうなずきました。

こうしてイエラは、同じように捕らえられたソグとともに、城に戻ってきました。二人はそれぞれ手に縄をかけられていましたが、見た人々を動揺させないようにと、城下の街の中では縄を解かれました。

　しかし、屈強な兵士が前後左右を囲み、もし自分たちが少しでも逃げようとしたら、たちまち組み伏せられるか、その槍で突かれるのだろうなとイェラは思いました。案の定、城の門を通って中に入るなり、イェラは素早く再び縄で縛られ、そのまま祖父とは別の地下牢に放りこまれました。

　日の射さない地下牢は、申し訳程度に火がたかれているものの、外よりも底冷えがするようでした。何より咳きこむほどのカビの臭いが、疲れた体からすべての気力を奪ってゆきそうでした。細い寝台の上に何十年も敷かれていたかのような、汚れきった毛皮の上にすわると、こつこつと階段をおりてくる足音が聞こえました。

「報告は聞いたぞ」

　扉の格子の向こうには、父が立っていました。

「もっと賢い娘だと思っていたが、意外と浅はかだったな。あんな老いぼれに利用されるとは。そこでしばらく頭を冷やすがいい」

　イェラは、何も答える気になれませんでした。体力も知力も使い果たし、疲れきっていたのです。王が去ってゆく足音を聞いたイェラは、硬い寝台の上に倒れこみました。

イェラが反逆者として祖父のソグとともに捕らえられた、と聞いたオルム王子とタウム王子は互いに顔を見合わせ、思わずほくそえみました。

「これでイェラも終わりだな」

「生意気女め。欲を出すからだ」

二人の王子たちが、そんな話をしているころ、乳母は暖かな毛布を抱え、地下牢への階段を転がるように下りていました。金貨を渡された牢番が扉にある格子からのぞきこむと、イェラは地下牢の硬い寝台の上で、古い毛皮の敷物にくるまり、ぐっすり眠っていました。牢番は驚愕しつつ、

「眠っていらっしゃいます」

と、傍らにいる乳母に告げました。

「本当に？」

地下の寒さに身震いしながら、乳母はたずねました。

「本当です。こう言ってはなんだが、あんなに神経の太い方は見たことがない」

乳母は、小さないびきをかいて眠っているイェラの姿に、目頭が熱くなりました。

（この寒さとカビ臭さ……これが気にならないくらい熟睡しているなんて、よほど疲れてらっしゃるんだわ）

乳母はすぐに厨房へ走り、イェラの好きな体の温まる食事の用意をし、再び地下牢へと走りました。それからおよそ二日間、イェラはぶっとおしで眠り続けました。不安に思った牢番と乳母が医師を呼び、診察を頼んだくらいでしたが、

「本当に、これはただ眠っているだけだ」

と医師は驚き、首を振りました。

「おそらく、十三歳の娘として、自分の能力を超える行動をとられたのでしょう」

やがて三日後に目覚め、日付を聞いたイェラは、自分でも信じられない気持ちでしたが、めまいがするほどの空腹と喉の渇きに、それが真実だと認めないわけにはいきませんでした。

地下牢に入れられてから十日後、イェラは城の中にある、裁きの場に引き出されました。

たいていの乱の裁きがそうであるように、それは城の中で行われました。以前は見せしめのために公開されていましたが、それはかえって乱の首謀者が聴衆の前で為政者を公然と批判する機会を与えるだけだと、今の王の代に変更されたのでした。

さほど広くはない聴聞の席に、イェラは青い顔の母や乳母、そして二人の兄とその

母たちの姿を見つけましたが、肝心の祖父の姿がどこにもありませんでした。

（なぜだ？　別々に裁かれるのか？）

しかし、まもなくイェラの疑問は解けました。罪状が読みあげられた後、祖父が地下牢で自害したことが報告されたのです。イェラは驚き、母のほうを見ましたが、母は乳母に支えられながら、かろうじて姿勢を正し、すわっていました。

（知っていたのか……）

これで、乱の「首謀者」は完全に自分一人になったのだ、とイェラは思いました。

イェラを見る二人の王子たちは、

「得をしたな、イェラは」

「ああ。これで好きなように言い逃れできる」

とささやきあいましたが、イェラは祖父を悪役にし、自分を大人に騙された無垢な子どもにしたくはありませんでした。イェラは反乱を起こした人々を弁護し、

「わたしは祖父の計画を知りませんでした。しかし、祖父の館で目にした彼らに同情し共感したのは事実。指揮をとったのも事実です」

と、きっぱりと証言しました。そのとたん、誰かが倒れる音がしました。イェラが振り返ると、卒倒した母を乳母が介抱していました。

イェラは再び牢に戻り、一晩、王の下す判決を待つことになりました。

(永久凍土か。この鼻が欠けたら、わたしはどんな顔になるかな?)

鏡のない部屋で、イェラはなぜか父の顔を思い浮かべました。端正な父の鼻だけがない顔というのは、なかなか思い浮かべがたく、顔の真ん中に黒い紙でも貼りつけたような奇妙な顔しか浮かんできません。

(考えても無駄だな)

イェラは硬い寝台に寝転び、目を閉じました。

翌朝、裁きの場は、しんと静まりかえっていました。

中央の一番高い席から、王は縄をかけられた娘を見おろしていました。

「何か、最後に言うことはないか?」

王の問いに、イェラは一呼吸おいてから答えました。

「ございません。我が王の下す決定に、間違いなどありますまい。わたしはそれに従うだけでございます」

人々から感嘆の声や、ざわめきが起こりました。

「ふん。強がって」

「今のうちだけだ」

二人の王子たちは、永久凍土と聞いてとり乱し、泣き崩れるイェラの顔を想像して忍び笑いをしました。やがてさざ波のような声が静まり、再び訪れた沈黙は、王の一言によって破れました。

「おまえが、こんなに面白い娘だったとはな」

王は、愉快そうに笑っていました。

「イェラ王女に、百日間の謹慎を命じる！」

今度は大きな波のような、どよめきが起こりました。

「たった百日だと？」

「軽すぎる。いくら王女だからといって、許されるのか？」

「いや、イェラさまは騙され、利用されただけだ。王さまはそれをわかっていらっしゃるのだ」

さまざまな声が飛び交うなか、イェラは複雑な思いで父に頭を下げ、裁きの場を後にしました。

二人の王子たちはぽかんと口を開けてそれを見送りましたが、永久凍土か死罪も覚悟していたイェラにとっても、父の意図はわかりませんでした。

十四歳になったイェラは、年が明けると、頻繁に父王の食事の席に誘われ、近隣への見回りにも同行させられるようになりました。さすがに沙維（サイ）との国境地帯に行くと言われたときは、

「お忘れのようですが、わたしは謹慎中の身です」

とイェラは言いましたが、「だからどうした？」と、王は笑いました。

「見るがいい、イェラ」

イェラは風に吹きすさぶ粉雪と、自分の髪の隙間から、眼前に広がる大地を眺めました。草原の国とはいえ、林や森も多く、四方の地平線が眺められるような場所は、巨山（コザン）でも、なかなか稀でした。

「この地上に墨で引かれた線などない。つまらない柵や城壁などに遮られることなく、どこまでも行ける。それがあたりまえなのだ」

父王はイェラに言いました。

「民のことで思い悩むのは、おおいにけっこうだ。おまえに、兄たちのように、政治学や経済学の教師をつけてやろう」

「なぜですか？」

「花嫁修業のような勉強では飽き足らなかったのだろう。すまなかったな」

これほど謝罪から遠い「すまなかった」もないだろう、とイェラは思いました。

(ようするに、わたしのことが面白くなっただけだ)

イェラの胸の奥に、複雑な感情が沸き上がりました。それは、嬉しくないと言えばうそになる思いでしたが、同時に恐ろしさや怒りもまた含んでいました。

(父に褒められるのは嬉しい。だが、これは危険な喜びだ、用心しなければ)

今までいったいどれだけの人間を、この威厳のある声や、逆に人好きのする笑顔で惑わせてきたのでしょう。イェラは間近で見る父の、人の心をつかむ巧(たく)みさに舌を巻いていました。

(騙すわけでも、陥(おとしい)れるわけでもない。父に運命を狂わされる人間は、自ら翻弄されてその身を滅ぼしていくのだ。だから父は悔いない、悩まない、足をすくわれることもない)

父が母に「男子が欲しい」などと言うのをイェラは聞いたことがありませんでしたし、乳母もそんなことはない、と否定していました。けれど母は自ら体を壊してまで、父の後継ぎを得ようとしていました。

また祖父も、若き日の父に「自分を擁護してくれ」と頼まれたわけではなく、自ら

「新しい時代の王だ」と庇護者を買って出たといいます。

そんな母や祖父に恨まれようと憎まれようと、父は痛くも痒くもないに違いありません。それはきっと、他の側室たちや臣下に対しても同じだろう、とイェラは思いました。

「人が人に必要とされる喜び」の危うさが、イェラの骨身に刻みこまれていました。

イェラは噛みしめていた唇を開き、その端を上げてにっこり笑いました。

「そこまで、わたしのことを考えてくださって、ありがとうございます。父上」

父は娘を見つめ、ほほえみ返しました。

八　嫉妬

やがて百日の謹慎が解け、冬の寒さが幾分やわらぐころ、イェラは久しぶりに一人で、身分を隠して街の中を歩いていました。残念ながら、ムサは一緒ではありません。馬場に預けてきたムサは、「自分も連れていけ」というように甘えてきましたが、もはや仔馬というより仔牛のように大きくなった真っ白な犬は、街の中では目立ちすぎました。

（ああ、やっぱり一人は楽だ）

いくら父に気に入られたといっても――むしろ気に入られたと思えば思うほど、イェラの心は落ち着かなくなりました。自分に無関心かと思えば、急に知識や行動を制限し、矢を放ってくるかと思えば、笑顔で手を差し伸べる。そんな人間に心を許せるはずがありません。

イェラの罪を問わず、他の王子たちと同じように扱う王は「心が広い」「慈悲深い」といわれていましたが、イェラは決してそうは思えませんでした。

何をするでもなく、イェラはぶらぶらと街の中を歩いていました。

城のすぐ近くには、大きな店や公の建物が並んでいますが、少し細い道に入ると、古着屋や古書店など、小さな店がぎっしりと軒を連ねています。

「おや？」

見知らぬ老人が、イェラとすれ違いざまに振り向き、追いかけてきました。

「そうか、やはりあなただ」

「誰だ？」

イェラが立ち止まると、ひょろりとした男は、ていねいに頭を下げました。

「失礼。わたしはそこの路地裏で、占いをやっている者です」

「占い？」

「ええ。あなたを占ったことがあるんですよ」

「記憶にないな」

そういったことが好きな若い娘を呼びとめる常套句だろうと思い、イェラは歩きだしました。しかし男は、後ろからこう続けました。

「そりゃ、赤ん坊のころですからね。あなたが立派なひげを生やし、眉毛がつながっていたころのことだ。その顔と運命から、わたしはてっきり男だと思っていましたよ」

イエラは驚いて立ち止まり、占い師の男を見つめました。眉の間と鼻の下の産毛は、乳母がうるさく言うので三日に一度は剃っています。初めて会う人には、そうわからないはずでした。

(この男、本当にわたしを占ったのか)

だとすると、連れてきたのはばあやだな、とイエラは思いました。

(ずいぶんと大胆なことをしたものだ。いや、いかに母や周囲の人間が、わたしに対して関心が薄かったかということか)

イエラを赤ん坊のときに見たという占い師は、そのときの見立てを告げました。

「絶え間ない戦いの星だと?」

「はい。占いは当たるも八卦(はっけ)当たらぬも八卦。だが、あなたは見たところ、わたしが思ったとおりの道を歩んでいらっしゃる」

男の言い方に自慢げなところは少しもありませんでしたが、イエラは不愉快でした。まるで自分の人生を、全部決められてしまっているような気がしたからです。

「では、おまえは何か？　その戦いを避けるお守りでも、売りつけようというのか？」

イェラの言葉に、男はにこにこ笑って首を振りました。

「めっそうもない。あなたの運命は、小さな細工物やまじないで変えられるものではありませんよ」

「言っておくが、わたしは自ら人と争うつもりはない。誰とも競うつもりもないぞ」

「わかっております。あなたは競ったり争ったりする人ではない。戦うのです。あなたは誰にも従わない、取りこまれない人だから」

年老いた占い師はそう告げると、

「あなたのご活躍を、老後の楽しみにいたしますよ」

と言ってにっこり笑い、雑踏の中に消えてゆきました。

占い師は、あの日見た赤ん坊のことがずっと気になっていました。

（あれなら大丈夫だ。あの星、これからも次々と災難がふりかかるかもしれない。だが、それをはね返す、人並み外れた力を持っている）

長年気になっていたことが解決し、占い師は晴れ晴れと空を見上げました。

城に戻ると、馬場で留守番をしていたムサが走り寄ってきました。厳しく言われているので、もう飛びつきはしなくなったものの、「もっとかまってくれ」と体全体を押しつけてくるのは同じで、「わかったわかった」と言いながら、イエラはその大きな体をすみずみまでなでて、かいてやりました。

「お帰りなさいませ。お兄さまたちから、お手紙をお預かりしていますよ」

部屋に戻ったイエラはため息をつきながら手紙を受け取り、そのまま屑入れに放り投げました。

「まあ、ひどい。返事はともかく、内容くらい目を通しておくのが礼儀ではありませんか」

乳母に怒られ、とりあえず屑入れから拾い上げたものの、イエラはその手紙を読む気にはとてもなれませんでした。

「もう手紙は受け取らなくていい。全部断ってくれ」

「わかりました」

もともと二人の王子を気に入っていなかった乳母は、力強くうなずきました。これで手紙のほうは処理できましたが、外ではそうもいきません。

二人の王子たちは、あるときは偶然を装い、あるときはあからさまに、イェラの前に現れました。近くまで来てしまったら、逃げるのが難しくなるので、イェラはなるべく遠くに兄たちを見つけた段階で、素早く逃げることにしていました。おかげでイェラは、ふだんから注意深くなり、乗馬の技術が上がったほどでした。

しかしあるとき、イェラは馬場に戻ってきたところをうっかり二人とその友人に捕まってしまいました。二人の王子の友人だという男は、やたら愛想よくイェラに話しかけ、その男が帰った後、オルム王子は言いました。

「奴はおまえのことを気に入っている。どうだ、つきあってみないか？」

「はあ？」と、イェラが顔をしかめると、タウム王子も言いました。

「ああいう男と結婚したら、きっと幸せだぞ」

「はああ？」

二人の突拍子もない勧めに、イェラは思わず感情が口に出てしまいました。

（こいつらは、『側室』と呼ばれる自分たちの母親が、わたしと母を、どんなに苦しめる存在だったか、わかっているのだろうか？）

にやつく二人の顔には、そんな自覚はまったく見られませんでした。イェラはカナンが自分の母親のことを語るときの、すまなそうな態度を思い出しました。

(何もカナンのせいではなかったのに)

そう思うとイェラは、自分に気を遣っていたカナンのことがつくづく不憫に感じられました。

(それにくらべて、この二人は、なんと素直で想像力というものがないことか)

生まれたときからありのままで母親に愛され、のびのびと育った二人の兄を、イェラは見つめました。この王室に「側室」というものがあることは、若い二人の王子のせいではないし、その母親のせいでもありません。しかし、その存在がどれだけ正妻である自分の母の精神を追いつめ、体を蝕むきっかけになったかと思うと、イェラは王子たちの無神経さががまんなりませんでした。

(べつに側室はあたりまえのことだ。江南王にもいる。今の沙維王は王妃一筋だと公言しているが、それは稀な例だ)

側室はあたりまえのことと思いながら、一方でイェラは不思議でした。庶民の間では、妾や愛人を持つことは法に触れる罪ではないものの、堂々と褒められることでもありません。しかし、王は側室という名の正妻以外の女性を、民から集めた血税で養うことが許されるのです。特に、イェラの母のように、正妻に男児が生まれない場合、後継ぎをつくるためにと、まわりの人々が二人目の妻をとることを勧めます。

（奇妙なものだ。王というのは）

どうして自分は、こんな因果な家に生まれてしまったのだろう、とイェラは心底うんざりしました。

兄たちと別れ、馬場から帰ったイェラは、母の部屋に入る前に息を整え、乳母にたずねました。

「母上は、どうだ？」

「今日も調子がよろしいようですよ。イェラさまが王さまと父娘らしい時間を過ごされることを、お喜びです」

「……そうか」

イェラが母の部屋に入ると、王妃は嬉しそうな表情を浮かべ、娘に向かって両手を大きく伸ばしました。

「ああ、可愛いわたしのイェラ」

母はイェラを抱きしめ、その顔に触れながら、うっとりと言いました。

「父上によく似た顔。生まれたときに思ったわ。なんて、賢そうなの、この子はきっと聡明な為政者になると、わたしにはわかっていたわ……」

「………」

母は祖父が自死した直後こそ体調を崩していましたが、イェラが父に認められるようになると、みるみる健康になってゆきました。

もう、むやみに薬を飲んだり、あやしげな医師にかかることはなく、父と同じ王医の診断を受け、素直にその処方された薬を飲んでいました。健やかで穏やかになった母を見ながら、イェラは幼いころその母が、どこにもいない兄弟ではなく、自分を見てくれればいいと思っていたことを、懐かしく思い出しました。

(こんなに優しい母を見たら、あのころのわたしは喜んだだろうな)

しかし、もはやそれは遠い昔の出来事で、イェラはたしかにそんな感情を持っていたことは覚えていても、そのときの寂しさや悲しさを強く思い出すことはできませんでした。イェラには、あまりに多くのことがありすぎたのです。

成長してゆく娘にくらべて、この城からほとんど出ることのない母の精神は、嫁いだ日からあまり変わっていませんでした。

イェラから見た母は、いくら努力しても男児を得られなかったことを、ずっと受け入れようとはしませんでした。自分より学の低い側室たちを見下しながら、その彼女たちが「世継ぎの母」になるかもしれないという現実を、認められなかったのです。

(言えばよかったのだ。男児とその母だけが優遇されるのはおかしい、と)

しかし母は、世の中がおかしいなどと考えることはありませんでした。子どものときからずっと世の中を動かす法や価値や常識は正しく、そのなかで自分は成功できる人間だと信じていたからです。王都に生まれ、家柄にも能力にも恵まれた母にとって、法に逆らい異議を叫ぶ者など、自分の失敗をそれらのせいにする「負け犬」で「怠け者」でしかありませんでした。母の口ぐせは、

「わたしは子どものころから賢くて、ずっとお父さまに『おまえは他の娘とは違う』と言われていたのよ」

というものでした。その話を聞いたとき、イェラは、

（まるで呪いの言葉だな）

と、ぞっとしました。

「おまえは特別な人間。他の凡人とは違う、だから成功することができるはずだ」そんな親の言葉は、祝福と励ましになることもありますが、母にとっては「そうなるはずだったのに」と、世の中を恨み続ける呪いの種でした。母は呪いから逃れることはできなかったのです。

（わたしが呪いを受けずにいられたのは、生まれたときから、誰も期待を寄せることのない敗者だったからだ）

敗者として生まれた娘は、母親と一杯の茶を飲むと、

「少し部屋で休みます」

と告げて立ち上がりました。そして茶器を下げにきた乳母に、小声で言いました。

「なあ」

「はい？」

「わたしは孝行娘だな」


いったん、自分の部屋に入ったイェラは、すぐ外へ出て馬を走らせました。傍らには、ムサがしっかりついてきます。

冷たい風が刺すようにほおに染みましたが、イェラはその痛みさえ心地よく感じました。体の垢を落とすときに、痛いくらい強くこすられたほうが気持ちがいいように、その痛みが自分の体からよけいなものを引きはがしてくれるような気がするのです。

「行くぞ！」

イェラは馬に鞭をあて、さらに速く駆けさせました。風はいよいよ鋭さを増し、激しく揺れる鞍の上から振り落とされないようにするだけで精一杯です。

そうしてしばらく走ると、イェラは馬の足をゆるめ、体の力を抜きました。

「すまなかったな、無理をさせて」

イェラは馬とムサに話しかけました。馬も犬も、はっはっと白い息を吐いています。

「やっと、すっきりした」

城内の喧噪や、母の部屋に淀む空気や、自分の中にあるさまざまな雑念を振りはらったイェラは、長い髪をほどきました。空を仰ぐと、鉛色の雲の隙間から、一筋の光が射していました。

（空はいい。いつも変わらない）

一年の間、一日の間にも、さまざまに色や明るさを変えながら、空がそこにあることは揺るぎなく変わりません。また、どんなに荒れた天候や、地上の騒ぎにも、星の位置は動かないのです。

イェラはほっと息をつき、城に向けて灰馬の向きを変えました。

凍りつく澄んだ空気を吸って城に帰ると、イェラにとって、一番嫌な相手が待っていました。乳母から、

「兄王子さまたちが、お待ちです」

と聞いたイェラは、冷たい風に洗われたばかりの体に、あっというまにべたべたと汚れたものがまとわりついてくるのを感じました。

「申し訳ありません。わたしがちょっと用足しにでかけたすきに、侍女が……」

イェラはうなずきました。

「わかった。もう一度でかけてこよう」

「そんなに冷えきった体で、出てはいけませんよ!」

イェラはしかたなく戻りました。どのみち、さんざん走らせたばかりの馬を再び出すのは酷というものです。

「わかった。では、このまま行く」

「その格好でですか?」

乳母が止めるのも聞かず、部屋に入ってきたイェラを見て、二人の王子たちは目を丸くしました。長い髪をなびかせたイェラの格好は、男のような乗馬用の服に、アザラシの毛皮で作った足あてと靴。さらに体全体に、狐の毛皮を羽織っていました。

そしてどっかと長椅子に腰かけて脚を組み、

「何か、ご用ですか?」

と、二人に聞きました。一瞬ぽかんとした二人は、

(な、なんだ。このふてぶてしい態度は)

(これが兄たちに対する態度か？)

と、怒りがこみ上げてきました。

(正妻の子だと思って)

(最近、父上に可愛がられていると思って)

立場と地位を気にする王子たちは、自分たちが馬鹿にされたように感じていましたが、そもそも二人に興味のないイエラは、そんなことを考えてもいないので、その感情にも気づきませんでした。

二人の敵意を敏感に感じとったのは、犬のムサのほうでした。ムサはイエラを庇うように立つと、太い四肢をふんばり、歯をむき出してうなり声をあげました。

「うわっ！」

二人の王子は慌てて椅子から立ち上がりました。

「ムサ！」

イエラはムサを呼び、「伏せ」と言っておとなしくさせると、「よしよし」と、その体をわしわしとなでました。

「……すごい大きさだな。巨山犬でも、ふつうはそんなに大きくはならないぞ」

「何か、特別な餌でもやっているのか？」

「いいえ。そこらの犬と同じものですよ。わたしが用意する肉や骨の他に、厨房の残り物をよく食べるので、料理人たちに喜ばれています」

「それでは、残飯と同じではないか」

「王女たるものが、残飯で自分の犬を育てているなど、聞いたことがない」

イエラはちらりと、二人のほうを見ました。

「雑種の犬には、雑食が合っているのです」

そのとき、タウム王子が顔を赤くして立ち上がりました。

「それはわたしのことを侮辱しているのか！」

「は？」

なぜ犬からそんな話になるのだろう、とイエラはうんざりしました。

「わたしは遠乗りで疲れて休みたいので。ご用がなければ、お引き取りいただけませんか？」

「では、用件を言おう」

オルム王子が言いました。

「そなたが持っている、この巨山の王位継承権を捨ててくれ。その証明に一筆書いてくれ」

イェラは少し驚きました。カナンの死の直後、『わたしもいる』などと啖呵をきったものの、あれは勢いで、具体的に動いたわけでもなく、兄たちも笑って冗談にしているだろうと思っていました。

「どうしてわたしが、そんなものを書かねばならないのです？　誰もわたしが王位を継ぐなどとは思っていない。この国には、素晴らしい王子が二人もいるのですから」

そう言ってイェラはにっこり笑いました。大嫌いな人間たちを前にしているというのに、不思議なことに自然な笑みが顔に浮かびました。「素晴らしい王子」という言葉に、二人は一瞬ほおをゆるめたものの、「騙されないぞ」というように顔を引きしめました。

「だが、そなたは正妻の子。そういったことを重んじる者たちも必ずいる」

「そうだ。この国のよけいな混乱を防ぐために、一筆書いてくれ」

「…………」

イェラは一度も王位が欲しいと思ったことなどありませんでした。しかし、カナンのことを思い出したり、「おまえは部外者だよな？」というような態度を二人がとるたびに、わずかな可能性とはいえ、あっさりと捨ててしまうことに、強い拒否感が湧いてくるのでした。

「わかりました」

イエラが決心したように答えると、二人の王子の顔がぱっと明るくなりました。

「おお、書いてくれるか?」

「ええ」

と、うなずきながら、イエラはこう言いました。

「しかし、ここで一つ問題があります。わたしが辞退しても、王位継承の混乱は続くということです。だって巨山には、優秀で甲乙つけがたい王位継承者が二人もいるのですから」

イエラはそこで一度間をおき、二人の兄の顔をそれぞれじっと見つめました。

「ですから――。いっそ、ここで一人に絞りませんか? 兄上たちのどちらかが辞退するというなら、わたしもそういたしましょう。いかがですか? 一人を選び、残りの二人の兄妹で力を合わせて盛り上げていこうではありませんか。この巨山国のために」

二人の王子たちは顔を見合わせ、言葉をつまらせました。

「い、いやそれは……」

「今ここで決めることでは……」

急に互いの顔を見てうろたえる二人に、イェラは心の中で吹き出しました。

(芝居でも、『自分が退こう』とは言いたくないのか。それでわたしを説得できるとしても)

これは意外な発見でした。イェラはもしかしたら、タウム王子のほうが、

「では、兄上のためにわたしが身を退こう」

と、あっさり言うかもしれないと思っていたのです。もしそうなったら、イェラは本当に一筆書かなければならないところでした。オルム王子もまた、タウム王子のほうをちらちらと見て、何か言いたげな様子でしたが、進んで辞退するとは言わない弟に強要するのも、外聞が悪いと思ったのでしょう。ましてやイェラの前で、そんな自分の姿は見せたくないようでした。

結局、互いに譲らなかった二人が帰った部屋で、イェラはおかしさに耐えきれず大声で笑いだしました。同時にイェラは、深い空しさに襲われました。

(いつまでわたしは、王位継承権にしがみついているふりをするのだ？　あの二人への嫌がらせのために、いつまでそんな労力を使う？　あの二人は、本気でわたしが王

位につきたがっていると思っている。あるところまできたら、それがよけいな心配にすぎないと教えてやらねば、下手をすると命を狙われかねんかもな)
やがてその心配は杞憂ではなくなってゆくのですが、イェラはまだそこまで真剣には考えていませんでした。

イェラの部屋から出た二人は、しばらく無言で廊下を歩いていましたが、二人の部屋に分かれる場所に来たところで、オルム王子は弟に言いました。

「なぜ、おまえが身を退かなかった?」

「兄上こそ退いてくださいよ」

オルム王子はびっくりしました。いつも自分に従ってきた弟が真っ向から逆らったのは、初めてだったからです。

「何を言っている。長兄は俺だぞ?」

「わたしも、前はそう思っていました。長男の兄上が父上の後を継ぐのはあたりまえだと」

「そうだ。あたりまえだ」

「だが、父上はイェラにも我々と同じような教師をつけている。もし我々よりも王の器があると見たら、継がせるおつもりだ」

「馬鹿な。あんなの父上の気まぐれに決まっているだろう」

「でも、まったく可能性がないとは言いきれませんよ。そう思うからこそ、兄上も、イエラに一筆書くよう求めたのではないですか？」

「そ、それは……」

図星をさされて、オルム王子はどぎまぎしました。

「父上は常識に囚われぬ心の広いお方だ。能力があれば、低い身分の者でも、取り立ててくださる。わたしだって――」

と言いかけたタウム王子は、オルム王子を見て口をつぐみました。

「失礼いたします」

タウム王子は急ぎ足で、自分と母の暮らす部屋に向かって歩いてゆきました。

その夜、オルム王子は部屋で一人、酒をあおりました。

（イエラめ、タウムめ。二人とも長男のわたしを馬鹿にしおって！）

手酌（てじゃく）で酒を飲み続ける一人息子に、母親の妃（きさき）が心配して言いました。

「まあまあ、どうしたのです。そんな飲み方をしては、体に悪いですよ」

「母上には関係ありません！」

「そうですか……」

オルム王子の母は、息子に気を遣って、それ以上、止めませんでした。

「そなたは王になる身。常人にはわからない悩みもあるのでしょうね」

優しくそうほほえむ母親を見ながら、

（まったく。父上はイェラのどこが気に入ったのだ？　あんな顔もよくなければ、愛想も性格もよくない娘のどこが）

とオルム王子は、ため息をつきました。オルム王子にとって女の子は母のように優しく、美しく可愛らしくなければ生きている価値もなく、父王があの風変わりな妹のどこを認めているのか、さっぱりわからないのでした。

（それどころか、一度は祖父と一緒に、反乱を起こそうとした罪人だ。永久凍土送りでもおかしくない。さっさと結婚させ城から出そうというならわかる。だが王は、我々と同じように教師をつけ、帝王学を学ばせている。まさかとは思うが……）

オルム王子は酔えない酒を飲みながら、心の中で異母妹への呪詛（じゅそ）をつぶやき続けました。

九　氷

暖かな日射しに、凍りついた樹の梢(こずえ)から雫(しずく)が落ち始め、まるで永遠に続くかと思われた巨山(コザン)の冬も、ようやく終章を迎えようとしていました。

流氷や雪どけといった本格的な春の訪れが報告されるようになると、巨山王は南の地方から恒例の視察を始めました。

「春の訪れとともに、王がいらした。王が春を連れていらした」

巨山の人々は、王の姿を一目見ようと、まだ寒い戸外に出て行列を待ち、その名を呼び、手を振りました。王は視察に、三人の子どもたちを一人ずつ同行させました。一番最初はオルム王子、次にタウム王子、そしてイェラ王女の順でした。

イェラは馬上の父に向けられる人々の熱狂ぶりに驚き、それに見事に応える父の姿に感嘆しました。

その姿は身内びいきではなく、舞台の中央に立つ役者や、たった一人で聴衆を酔わせる吟遊詩人を思わせました。特に、よく通る声で詩を歌うように演説する王の言葉は、人々の心をつかみ、涙を誘い、冬に凍えた体を熱く奮い立たせました。

王の演説は、巨山に伝わる幾多の伝承や古典や有名な詩のつぎはぎで、イェラはすべての原典を諳んじることができましたが、地方の民にとってはほとんど初めて聞くものばかりで、すべてが父の中から生まれた言葉だと信じているようでした。それはあまりにその地方や状況に即した内容で、あふれる思いを抑えきれないというように語っていたからです。うっかりすると、原典を知るイェラでさえ、既成のものだということを忘れそうでした。

イェラは黙って父についていただけでしたが、

「イェラさま！」

と手を振る老人や、灰馬の後を追って駆けてくる子どもたちを見て、どうやら自分が祖父と反乱を企てたとされ、裁きにかけられたということは知られていないようだな、と思いました。

王とイェラを前に、地方の人々は山のようなごちそうでもてなし、踊りや歌で歓待しました。イェラは正直なところ、音楽や舞踏に関しては、城の楽団や舞姫にくらべて洗練されていない、泥臭いと思いましたが、馬を使った軽業(かるわざ)や曲芸になると逆でした。

(すごい。こんな荒業(あらわざ)見たことがない。どんなに訓練された兵士でも無理だ)

走る馬の上で宙返りをしたり、互いの馬に飛び移るといった超絶的な業の数々に、イェラは息を呑みました。彼らはまるで馬たちと言葉が通じているかのようでした。また、軽業師の大家族が、跳ね板で飛んでは肩に人間を乗せて梯子(はしご)のように連なってゆく荒業には、立ち上がって拍手を送りました。

イェラが拍手をしていると、天辺で両手を鳥のようにぴんと伸ばしている少年と目が合いました。イェラが思わずほほえむと、集中し、張りつめていた少年の表情が、ふとゆるんだような気がしました。そのとたん、少年の体がぐらつき、足をすべらせました。イェラはとっさに自分のまとっていた毛皮を投げ、少年が固い地面に叩きつけられるのを防ぎましたが、少年はしばらく動けず、一座は王と王女の前での失態に怯え、座長は土に頭をこすりつけて詫びました。

「もうよい。それより子どもは大丈夫か?」

王の寛大な態度に、「は、はい!」と座長は答え、動けずにいた息子を呼びました。

「こんな失敗したことのない子なのですが」

「だって、こんなきれいな王女さまに見られて、緊張して……」

と言う少年の言葉に、王は豪快に笑い、イェラも失笑しました。

その夜、地方を巡る旅の最後の夜、イェラは王の部屋に呼ばれました。

「疲れただろう」

と、王は優しく言いました。

「いいえ。見るもの聞くものすべてが珍しく、疲れを感じるひまはありませんでした」

「たいしたものだ。おまえは二人の兄たちと、どこか違うな。女だからというのではなく、最初から人間の質が違うようだ」

「それは、褒められたと受け取ってよろしいのですか？」

「もちろんだ」

イェラは王の言葉を嬉しく思いましたが、有頂天になったりはしませんでした。数日の間一緒にいただけで、父が誰にでも、

「おまえは他の者とは違う」

「ここは他の場所とは違うな」

と言うのを、何度も聞いていたからです。

（誰もが自分だけ特別に目をかけられたと思う、うまい言葉だ）

王は初めて一緒に旅するイェラがそんなふうに自分を見ているとも知らず、疲れも見せず愚痴も言わず、自分を追って転んだ子どもを助け起こすなど、人々に対する対応も完璧だったと褒めました。

「特に、あの軽業師の子どもを助けたのは見事だったな」

「あれは偶然です」

イェラは苦笑しました。

「いや、人間、とっさには、なかなかできん」

それは、誰にでもかけられる言葉だとわかっていても、嬉しくなるような言葉と表情でした。

「父上」

「なんだ？」

「娘を褒めても、何も出ませんよ。早く、あの方のところに行かれたらどうです？」

「あの方？」

「どこぞの富豪の美しい奥方。待っているのでしょう？」

イェラは、王が視察する地方に、何人もの愛人がいることに気づいていました。自分たちを歓迎する宴で、親しげに父に語りかけていた女性が、この地でのその相手だと、イェラは思ったのです。無言で自分を見つめる父の目に、イェラは自分の勘が当たったことを悟りました。

「やはり疲れたようです。失礼いたします」

王はふっと笑い、娘に言いました。

「おまえが男だったら面白いと思っていたが、赤の他人でも面白かったな」

「…………」

イェラは父の部屋を出て、自分に与えられた部屋に入りました。

暖められた寝具の中に入り、目を閉じても、さまざまな景色が浮かび、なかなか眠ることができませんでした。特に脳裏に焼きついていたのは、自分と目が合ったとたん落ちてきた少年と、昼食に出された捌かれた大鹿でした。大鹿は領主が仕留めたもので、そのまま目の前で調理し、王に捧げたいと領主は申し出ました。王はそれを受け、

「おまえは下がっていていいぞ」

と娘に言いましたが、イェラはこの地域のもてなしを余さず受けたいと思いまし

た。

屠(ほふ)られる鹿の大きな角や厚い皮、太い骨を眺め、それらを切り落とし解体してゆく鉄の刃に、イェラは見入りました。この厳しい大地を生き抜くために、この厚い蠟のような脂肪は蓄えられ、骨や肉は鍛えられたのだと思いました。そしてそんな強い獣たちと戦うために、非力な人間は知恵を絞り、力を合わせ、道具を創り出してきたのだと。

「わたしにもやらせてくれ」

イェラは驚く人々の前に進み出ると、重い鉈(なた)のような包丁を受け取り、刃先を骨の継ぎ目に差しこみ、力をこめて切り落としました。おおっと人々は感嘆しましたが、イェラは切り落とした瞬間に、自分の肩に痛みを感じたような気がしました。

数日後、イェラと王は帰城し、王は再び一人で視察に出ました。そうして父王不在のある日、イェラは兄たちから連名の手紙を受け取りました。

(久しぶりだし、読んでやるか)

と読み始め、眉をひそめたイェラに、乳母が聞きました。

「なんと書いてあるのです？」

「父が帰ってくるころ、ちょうど五十の誕生日を迎える。それを一緒に祝おう、そのために明日は兄妹みなで相談しよう、という誘いだ」

「まあ、あのお二人が？　いったいどういう風の吹きまわしでしょうねえ」

イェラはぷっと笑いました。

「まったく」

乳母にすらあやしまれる計画など、誰がひっかかってやるものか、とイェラは思いました。

（だが――待てよ）

イェラは傍らのムサを見てほほえみました。


二人の王子がイェラを呼んだのは、凍った湖のそばでした。毛皮を着込んだ二人は、

「やあ」

「よく来てくれたな」

と、にこやかにイェラに手を振りました。二人の傍らには、それぞれお付きの者が二人ずつついていました。

（今日は息が凍らない。もう春だな）

イエラは、ほほえむ二人の、氷のつかない黒いまつ毛を見て思いました。

「今日はここで釣りをしよう」

「父上は子どものころから、ここで釣れる小魚が大好きなのだ」

「そうですか……」

聞いたことがないなと思いながら、名もない小魚が父の好物だということ自体は、イエラは疑いませんでした。王はあまり手をかけた宮廷料理を好まず、地方へ行った折は、その土地で採れる珍しい食材などを好むのです。そういったもののなかには、かなりアクの強い味や、きつい発酵臭のするものや、見た目の悪い生き物など、他の地方からは「あんなものを食べるなんて」といわれるような料理もありました。それらを、「美味い！」と褒める声は、いつも心が入っていない父の言葉のなかでも、それなりに本心からの響きがありました。

釣りをやったことがないイエラに、二人の兄たちは親切に教えてくれました。針に凍った練り餌をつけながら、

（傍らから見たら、わたしたちはけっこう仲のいい兄妹に見えるのだろうな）

と、イエラはおかしくなりました。

兄たちはていねいに教えてくれましたが、なかなか小魚はかかりませんでした。

「もう少し遠くへ行こう」

兄たちはイェラを誘いました。もう少し、もう少しと湖の真ん中へ行くうちに、イェラは自分たちが、岸からだいぶ離れてしまったことに気づきました。そして小魚を釣るための穴を開けたイェラは、

「ここは氷が薄い。日も暮れてきたし、戻りましょう」

と、兄たちに言いました。のぞきこんだオルム王子は、

「ああ、これくらいの厚さなら大丈夫だ」

と言いましたが、その重みでわずかに氷が沈みこみ、穴から亀裂が広がったのを見たイェラは、

「いえ、わたしはそろそろ帰ります」

と言って、竿を兄たちに返しました。そのとき、イェラは二人の兄王子たちの従者の姿が見えないことに気づきました。

嫌な予感がして、急ぎ足で岸のほうに歩きだそうとしたイェラの前に、二人の兄は素早く立ち塞がりました。

「待て」

「そんなに慌てて帰らなくてもいいではないか」

「…………」

薄暗く人気のない湖上で、肉親とはいえ二人の人間に立ちはだかられると、ぞっとするものがありました。そんなイェラの心を見透かすように、

「怖いのか？」

「臆病者め」

と、兄たちは笑いましたが、イェラはきっぱりと言いました。

「カナンと同じ手は効きませんよ。べつにわたしは、臆病者でもけっこうだ。『勇ましく』『男らしく』などする気はさらさらない」

兄たちはきまり悪そうに口をつぐみ、それだけでやめておけば、イェラはうまく切り抜けられたでしょう。しかし、イェラは不注意にもよけいなことを言ってしまいました。

「そんなことをしなくても、わたしは父上に認められていますから」

軽い冗談のつもりで口にした一言は、冗談として通じませんでした。

「ふざけるな！」

「調子に乗るなよ！」

イェラは兄たちに突きとばされ、氷の上に転がりました。立ち上がろうとしたイェラの目の前に、兄たちの大きな毛皮の靴が見え、それをよけて氷の上を転がるうちに、いつしか服が濡れていました。

（しまった！）

そこは、先ほど穴を開けて「氷が薄い」と感じた場所から、さらに湖の中心に近いところでした。立ち上がろうとしたイェラの胸を、オルム王子の長靴が思いきり蹴りとばしました。

「うっ！」

イェラは氷に体を打ちつけられ、その拍子にぐらりと氷が揺れました。痛む胸を押さえながら上体を起こすと、イェラの乗った一角は、大きな氷の本体から外れ、ゆらゆらと湖の上で揺れていました。

兄たちの甲高い笑い声を聞きながら、どうやら予想していた最悪の事態が起こったようだ、とイェラは思いました。

ようやく立ち上がってあたりを見まわすと、湖上はすっかり薄暗くなっていました。先ほどまでは、春の訪れを感じさせていた風も、冬はまだまだ続くぞと教えるように、イエラの濡れた手やほおに吹きつけてきます。濡れた肌が風に吹かれると、寒いというより刺すような痛みを感じ、イエラは歯を食いしばりました。

寒さに歯を食いしばるイエラの顔を、悔しさだと思ったのか、

「いいざまだな！　さぞ悔しかろう」

と、オルム王子が笑い、

「なんでも自分の思うとおりになると思ったら、大間違いだぞ」

と、タウム王子も同調しました。

(なんだそれは？)

イエラは思いましたが、

(そうか。自分はそんな人間だと見られていたのか)

と気づきました。さやをはめたままの剣で、二人はイエラの乗った氷をぐっと押し出しました。イエラはよろけ、膝をつきましたが、これ以上氷に伏して服を濡らすと、危険です。不安定でも、体を起こしているしかありませんでした。

湖のはるか遠い岸に、人の姿は見えません。どうやらここで、人に助けを求めても、無駄のようです。

「イエラ。王位を諦めろ」

「継承権を捨てると言え」

責めたてる二人に、イェラはたずねました。

「もし、嫌だと言ったら？」

「ここで一晩、過ごすがいい」

「そうだ。おまえは王位などいらないのだろう？　ではなぜ、いつまでもわたしたちの前にいるのだ。なぜ消えてくれない？」

イェラは答えました。

「王位はいりません。でも、命までいらないと言うつもりはない」

「だが、おまえがどういうつもりでも、この世にいる限り、俺たちは安眠できないのだ」

そう言うオルム王子に、イェラは答えました。

「では、安眠などしなければいい」

「え？」

「あなたがカナンに何をしたか、王にフェソンの何を吹きこんだか、一生忘れずにいるがいい。そしてこれからも、自分たちが目下の者に与えかねない不条理を、永遠に考え続けるがいい！」

「何を言ってるんだ、おまえは？」

「何千、何万という人々の命を左右する立場に立とうという者が、安らかに眠ろうなどと思うな。一生苦しみ、一生考え続けるがいい。それが真の王たる者の役目だ！」

イェラの心の叫びを聞いても、二人の王子は笑い続けました。

（この二人には、何を言っても無駄だな）

イェラは自分の言葉が、風に吹かれる枯れ葉のように空しく散ってゆくのを感じました。

「さあ、俺たちは帰るぞ」

「いいのか？　ここでたった一人だぞ」

岸に向かって歩きながら、二人の王子は何度も振り返り、あらゆる言葉でイェラを脅しました。

「いいのか？　さあ、さあ……」

黙って二人の顔を見ていたイェラは、懐から細い棒のようなものを取り出しました。それを筆だと思ったオルム王子は立ち止まり、「やっと決心がついたか」と言って紙を取り出しました。しかしイェラは、

「わたしが、なんの備えもなしに、ここまで来たと思いますか？　見くびられたもの

だ」

と言うなり、その細い棒を口にくわえました。

「？」

「なんだ？」

イェラは棒を口から離し、再び懐にしまいました。たしかに吹いたように見えたのに、何も音がしない笛のような物を、

「どうした？」

「なんのまねだ？」

と、兄王子たちはまた笑いました。しかし、そのとき、はるか彼方から、狼の遠吠えのような声が聞こえてきました。

「な、なんだ？」

「このへんに狼など……」

きょろきょろとあたりを見まわす二人に向かって、岸辺から雪の塊のように白いものが疾走してきました。イェラは大声で、犬笛によって呼ばれた獣の名を呼びました。

「ムサ！」

ムサは二人の頭上を飛び越え、氷の割れ目を軽々と越えて、イェラのもとにやってきました。大きく氷が沈み、イェラは少しよろけながら、その白い毛をなでました。

「ご苦労だったな。ムサ」

そしてムサはイェラを背に乗せ、氷の上を大きく飛び上がり、二人の王子の前におり立ちました。

「そんな……馬鹿な」

この世のものとは思えぬムサの姿に、タウム王子はあわあわとわけのわからないことを口走りながら、這うように逃げていきました。オルム王子はムサをにらみつけ剣を抜きました。そのとたん、ムサが低くうなり声をあげました。はっとしたイェラはムサからおりると、

「兄上、剣を納めてください。ムサが興奮します！」

と言いましたが、

「ふん。その手にのるか」

と、王子はイェラに向かって剣を構えました。

「前から目ざわりだったのだ。おまえのせいで、あいつも変わった」

「え？」

「あいつは忠実な弟だった。分をわきまえていた。だが、おまえが父上に寵愛されるようになると、『女であるイェラが王になれるなら、次男のわたしが王になっても』などと言いだしたのだ」

「………」

「だから女がでしゃばると、ロクなことはない。そんな身分も力もない奴らが、我も我もとまねして出てくる。父や兄を敬う気持ちがなくなるのだ」

今度はイェラが失笑しました。

「敬えない人間だということが先でしょう？」

「うるさい！　それがでしゃばりだというのだ！」

オルム王子は剣をイェラに向けました。それを見たムサの表情が変わり、重い石を引きずるような低いうなり声をあげました。

その声は、イェラも今まで聞いたことがない、ただの威嚇ではない声でした。イェラの前に進み出たムサに、オルム王子は剣を振り上げました。

「この化け物め！」

オルム王子がそう叫んだのと同時に、獣の咆哮が響きました。次の瞬間、オルム王子が火をつかんだ子どものように悲鳴をあげました。

「イェラ！　助けてくれ！　イェラ！」

　必死で顔を庇うオルム王子の腕や腹を、ムサの巨大な牙が何度も食いちぎろうとしていましたが、分厚い毛皮に阻まれて、なかなか中の肉にまで達することができません。オルム王子の剣は、氷上はるか遠くに飛ばされていました。

「イェラ！　イェラ！」

　オルム王子が自分を呼び続けるのを、イェラは黙って見つめていました。

（イェラ！）

　イェラははっとしました。

「カナン？」

　あたりを見まわしても、ムサと組み合うオルム王子、そして四つん這いになって氷上を逃げてゆくタウム王子以外、誰もいません。

「カナン……」

　イェラはぐっとこぶしを握りしめ、大声で叫びました。

「ムサ！　来い！」

　ムサの動きがぴたりと止まり、イェラのもとに戻ってきました。オルム王子は氷上に大の字になって動きませんでしたが、イェラが近づくと、かすかにうめく声が聞こえ、まだ息があることがわかりました。

（よかった……）

イエラは目を閉じました。

「ムサ……」

イエラは目を開け、袖口でムサの口のまわりの血を拭きとりました。

「人を、呼んでおいで」

ムサは一心に、岸に向かって走ってゆきました。

湖の岸で待つように言われていた兄王子たちの従者が、重傷のオルム王子とうつろな目でふるえているタウム王子を助け、急いで城に運びました。

それを見届けたイエラは、ムサとともにゆっくりと城に戻りました、先に兄王子たちを迎えていた城の人々は、血まみれのムサとともに帰ってきたイエラを遠巻きにして、無言で見つめていました。イエラもまた無言で部屋に入り、

「姫さま……」

と迎えた乳母に、

「氷の上で、転んだ。手当てを頼む」

と言いました。

氷ですりむいたほおや掌を乳母に手当てされながら、イェラは傍らのムサを見つめました。

（あのとき、たしかにカナンの声がした。だからわたしは、ムサに人殺しをさせずにすんだ）

いくら王女の飼い犬とはいえ、人を噛み殺した犬を城で飼い続けることはできなかったでしょう。自分が今ムサと一緒にいられるのは、カナンのおかげだ、とイェラは思いました。

（カナンが、ムサとわたしを救ってくれた）

イェラは動物好きだったカナンのことを思い出していましたが、乳母はその様子を沈んでいると思ったのか、

「大丈夫ですよ。姫さま。この傷は必ず治りますからね」

と言いながら、手当ての終わった顔の小さな傷に、包帯を巻こうとしました。

「そんなことはしなくていい」

イェラは乳母の手を止めました。そして少し迷いましたが、

「信じてくれるか？」

と打ち明けました。

「ときどき、すぐ近くに、誰かがいるような気がすることがあるのだ。その姿は見えないし、声というほど、はっきりした声が聞こえるわけでもないのだが……」

「そうですね」と、乳母はうなずきました。

「それは姫さまが、いつか会った方や、いずれ会う方ですよ。きっと、姫さまのことを心配しているのです」

本当だろうか、とイェラは思いました。百歩譲って、今はもういない誰かが自分を見守ってくれているとしても、今はまだ会ったことさえない誰かが、そばにいるなどということがあるのだろうかと――。

「ちょっと待ってください。やっぱり、このあたりにも包帯を……」

「いいと言うのに……」

イェラは自分ではたいして気にしていない傷に、なぜ乳母がそこまで大騒ぎするのか不思議でしたが、顔という目立つ場所の傷は、思った以上にまわりに波紋を呼びました。

三日後に開かれた裁きの場で、妹の顔を傷つけて脅し、王位継承の権利を無理に放棄させようとした二人の王子は、厳しくその罪を問われたのです。

オルム王子は重傷のため、タウム王子は高熱のために、裁きの場には現れず、それぞれの代理人が、相手の王子にそそのかされたせいだと主張しました。しかし、唯一の証人として現れたイェラの顔の包帯に人々は息を呑み、

「こんな若い妹を脅すなんて、なんて卑劣な」

「人間が小さい。王の器ではないな」

と、うなずきあいました。

(なるほど。顔の傷というものは、効果的だな)

イェラは乳母の巻いた大げさな包帯を、取らずにいてよかったと思いました。

最終的に、王の下した判決によって、二人の王子は永久凍土に送られることになりました。王子の母親たちは泣き崩れ、王に懇願し、親類の者に支えられて退場させられましたが、その母親たちの自分に向けるまなざしが、イェラには忘れられませんでした。

(数ヵ月前だったら、わたしは祖父と共に、父に反乱を起こそうとした大罪人だった。そのときにわたしをもっとうまく始末していたならば、兄たちは『やりすぎだ』とは言われても、『父への敬愛のあまり』という言い訳ですんだかもしれない。皮肉なものだ)

やがて二人の王子たちが永久凍土に送られた数日後、オルム王子の母がイェラのもとを訪れました。イェラは裁きの場で自分に向けられた憎しみのこもった目を思い出しましたが、現れた母親の目は静かで、落ち着いたように見え、少し安堵しました。

「このたびは……」

と、頭を下げる母親に、

「事故です」

と、イェラは答えました。そう答えると決めていました。事実がどうであれ、必要以上にあの二人の卑劣さを広めたり、自分の正当防衛を主張する気はありませんでした。

「そうですよね」

母親はほっとしたようにつぶやきました。

「あの子は、優しい子でしたもの。それはそれは優しくて、親思いのいい子でしたもの」

あふれる涙をぬぐいながら語る母親を見て、イェラはカナンが死んだときのことを思い出しました。そして、カナンの死の遠因となったオルム王子のしたことを思い出すと、目の前にいる母親が語る、優しくて親思いの青年の姿は、どうしても重なりませんでした。

「そうです。あんな優しい子が、悪いことをするはずがない。そうでしょう？」

ふいに母親は顔を上げ、イェラはその見開かれた目にどきりとしました。

「ええ……」

「そうよ。これは何かの間違いだわ。あんないい子が、わたしの息子が身も心も凍るような土地に送られて、あなたがこんな暖かな部屋で、ぬくぬくと……」

母親はふらふらと立ち上がり、イェラに向かって歩いてきました。その異様な目の光に、イェラは椅子から立ち上がって後ずさりしましたが、手に握られたものを見ても、なぜか体が動きませんでした。

「姫さま！」

そのとき、乳母が母親を突き飛ばさなかったら、短刀は間違いなくイェラの体に入っていたでしょう。

「姫さま。逃げてください。姫さま！」

母親ともみあう乳母の叫び声に、イェラは我に返りました。イェラは素早く母親の手首を強く叩き、落ちた短刀を蹴り上げました。

「すまない」

イェラは乳母に詫びました。

「あの母親の様子がおかしいことに、わたしが早く気づいていれば……」

「いいえ。子どもと引き離された母親なんて、みんなおかしくなるものですよ。どんな状態が危険かなんて、誰にわかることでもありません」

イェラは初めて、乳母の手に包帯を巻きましたが、手がふるえてうまく巻くことができませんでした。

「いいですよ。姫さま。左手ですから、自分でできます」

乳母は笑ってそう言うと、言葉どおり器用に自分の手当てをして、立ち上がりました。

「本当に、お気になさらないでくださいね」

そう言われても、イェラの感じた恐怖心は、なかなか静まりませんでした。ムサがオルム王子に襲いかかったときにはなんの迷いも感じなかったのに、あの母親の見開かれた目と、乳母の傷を見て、初めて自分のしたことが何を呼び起こしたのかわかったのです。

「ばあや、わたしは……」

自分より背の高くなったイェラを、乳母は優しく抱きしめました。

「姫さまは強い風と同じです。強い風は、何も倒さずに吹くことなどできないのです」

その夜、イェラはオルム王子の母親の夢に、何度もうなされました。何度も短刀で突き刺され、汗びっしょりで飛び起きたイェラは、荒い息を整えながら額をぬぐいました。

(オルム王子は、あの母親にとっては優しくていい子だったのだろう。きっとそうなのだ。猫をかぶっていたわけでも、騙していたわけでもあるまい)

自分もまた、死んだときには乳母は言ってくれるだろうと思いました。

「イェラさまはとてもお優しい方で、わたしが怪我をしたときには、自ら手当てをしてくれました。その手はわたしのことを心配してふるえていたのですよ」

イェラは、まだ小刻みにふるえる自分の手を見ました。

(だが、この手が、二人の王子を陥れ、破滅させたのも事実だ)

あの母親が、自分を許すことは永遠にないだろう、とイェラは思いました。たとえイエラがオルム王子から受けたひどい言葉や仕打ちをすべて話したとしても、そんなことはどうでもよいのです。自分の息子がいなくなり、イエラがそこにいるということだけが真実なのです。

(わたしはきっとこれからも、こうして憎まれ、呪われる)

だから国の頂点に立った人間は、敵を一族もろとも滅ぼしたり、滅んだ者は滅ぼされるに値する極悪人だったという「物語」を創るのだろうと思いました。

(そうでなければ、夢を見ずに眠ることなどできない)

イエラは氷上で二人の兄に放った言葉が、自分に返ってくるのを感じました。

(安らかに眠ろうなどと思うな)

イエラは覚悟を決めました。

十　最後の敵

こうして、巨山国(コザンこく)の王位継承権を持つ人間は、イェラ王女ただ一人になりました。

「残ったのは、結局おまえだったな」

と、王は言いました。

「残念でしたね」

と、イェラは答えました。

「いや、充分だ。予想外だったと思うのは、わたしの見る目がなかったからだ。おまえは強い、賢い。美しい……とは言いがたいが、遠目にはわからん」

「まったく、父上のように説得力のある容姿だったら、よかったのにと思います」

「おまえも磨けば光る。たぶんな」

娘の「冗談」に大笑いする父を見ながら、イェラは思いました。

（こういう大笑いも、下品どころか豪放磊落に見えるのだから、本当に得だな）

イェラはつくづく、自分が女でよかった、子どものころから父のそばにいなくてよかったと思いました。もしもそばにいたら、きっと「褒められたい」「認められたい」と願い、その顔色や機嫌をうかがい、善悪の基準よりも「父の基準」で行動するような人間になっていたでしょう。それほど、この笑顔には逆らいがたい、と確信したのです。

（そうならなくてよかった。わたしは、父に愛されなくてよかった。支配されなくてよかった）

母親にも父親にも無用なものとされて育った子ども時代を、繰り返したいとは思いませんでしたが、両親に愛された子どもとしてやりなおすことができると言われても御免でした。そうなればきっと、カナンとの、あの森での日々はないでしょう。フェソンと星について語った時間も――。

（わたしはわたしのままでいい）

そう思ったイェラは、ふとあの予言のことを思い出しました。

（わたしは母に逆らい、祖父に刃向かい、兄たちを陥れた。いつか、この父とも戦うのだろうか？）

イェラは形のよい鼻筋の通った、端正な父の横顔を見つめました。

王はときどき、イェラを呼んで一緒に食事をとり、政治や外交の話をし、たわいない雑談もしました。そのなかに亡くなったカナン王子や、オルム王子やタウム王子の名が出てくることは一度もありませんでした。まるで、巨山には最初から、たった一人の王女しかいなかったかのようでした。

「イェラ。この親書をどう思う？」

ある日、父に手渡された沙維王からの親書を、イェラは読みました。

「我が国と同盟を？　あの温厚と評判の沙維王が、長年のつきあいのある江南を裏切って我々と組みたがる意図がわかりません」

「この親書とまったく同じものが、江南にも送られたという情報が入っている」

「それは……」

「浅はかな企みだ。まあ、我々の計画に、大きな変更はない」

巨山王は親書を握りつぶし、窓から外を見おろしました。

外では王兵たちが声を張り上げ、一糸乱れぬ行進の訓練を繰り返していました。北の山々から吹く風が、兵士たちの顔に吹きつけて、歯を食いしばる若い兵士たちの顔から、風の冷たさが伝わってきました。

「今度の戦いには、おまえがあの館で助けてやった若者たちも、何人か加わっている。みな士気が高くて優秀だと、指揮官たちが褒めていた」

「若者たち？」

おかしい、とイェラは思いました。

（十八から五十までの男たちは、みな咎めを受けて、永久凍土などの鉱山に送られているはずだ。残っているのは、十五、六の……）

イェラの脳裏に、あの幼さの残る少年の姿が浮かび、やりきれない思いが胸に広がりました。あの反乱に加わった部族の優秀な子どもたちは、王都で教育を受けられることになりました。しかし、それは親子を切り離し、子どもたちを早くから中央の文化に慣れさせるためでした。

そして今度は……。イェラはたずねました。

「そんな年若い者まで、駆り出さねばならない戦なのですか？」

娘の質問というより、明らかな抗議に、父は答えました。

「馬鹿を言うな。この戦のために、年齢や経験に関係なく報酬と出世の道を与えるようにと、わざわざ法を変えたのだ。それを知って、彼らはぜひにと志願してきたのだぞ」

それ以外に道はないからだ、とイェラは唇を噛みました。狩りにせよ牧畜にせよ、働き盛りの男手を取られた人々の暮らしが、どんなに苦しいものか、地方を巡ったイェラには容易に想像がつきました。

（みな家族のためにと一攫千金を狙って、無理をしなければいいが……）

巨山とその王を讃える勇壮な歌が聞こえてきました。そして歌声の高揚と反対に、イェラの心はずっしりと重く沈みこんでゆきました。

気分を変えようとムサをつれて馬場に出たイェラに、将軍が声をかけてきました。

「イェラさま。少しでいいのですが、わたしの話を聞いていただけませんか？」

「わかった」

イェラは将軍とともに、馬場の近くのあずまやに向かいました。これから大好きな散歩に出られると思っていたムサはがっかりしたようでしたが、将軍の声には深刻な響きがあり、

（これは後まわしにするわけにはいかない）

と、イェラは感じたのです。

あずまやの椅子に腰かけた将軍は、ごく自然にあたりの景色を眺めるように見渡すと、低い声でたずねました。

「今度、我が国が江南と戦になるのはご存じですね？」

イェラはうなずきました。

「父はたいそう強気な読みを立てている。およそひと月もあれば江南の王都まで攻めのぼり、降伏させられるだろうと。そなたはどうだ？」

「江南の戦力が、正規軍だけなら、そのとおりでしょう」

「というと？」

「姫さまは〈海竜商会（かいりゅうしょうかい）〉という組織をご存じですか？」

「名前だけなら。たしか、江南の商人たちの組織だな。だが、江南で一番勢力を誇っている商人は、現王妃の実家であるキノ一族だったはずだ」

「さすがはイェラさま。そのとおりです」

将軍は感服したようにうなずき、こう言いました。

「では、江南の第二王子については？」

「たしかハヌル……いや、それは第一王子か。第二王子は知らんな。なんというのだ？」

「クワン、という男です」

　将軍は肩を落としてため息をつきました。

「姫さまでさえ、やはりご存じありませんでしたか。だがほとんどの軍の者たちは、その二つのことに関しては、名前すら知りません」

「そうだろうな。で、その商会と王子がどうしたというのだ？」

「今度の戦での予想外の伏兵になると、わたしは見ています」

　イェラは身をのりだしました。

　将軍によると、〈海竜商会〉は巨山に近い江南北部の内陸ではさほど力を持っていないものの、南部の、特に海岸地帯では『陰の王家』といっていいほどの組織だというのでした。

「最盛期の十数年前ほどではないものの、まだまだ一部では商会幹部は役人より力を持ち、人々もいざとなったら頼るのは『お役所より商会だ』と言うほどだというのです」

「面白いな。地方の一組織がそれほどの力を持つとは、我が国では考えられん」

　そんな危険な勢力、父ならなんだかんだと理由をつけて小さな芽のうちに摘み取るだろう、とイェラは思いました。

「わたしは去年、一人で江南の王都に行ってきました。その日は都中がたいそうな騒ぎで、祭りか何かかと思っていたら、クワン王子が山岳地帯で崩れた岩に閉じこめられた人々を助けて、凱旋してきたところだったのです。あの民の熱狂ぶりは、ただごとではありませんでした」

イェラは笑いました。

「どうせ働いたのは家来で、王子本人ではあるまい。よくある演出だ」

「わたしも最初はそう思いました。しかし人々の話を聞くと、クワン王子というのはその一件だけでなく、国中の難題を果敢に解決しているようなのです。しかし、第一王子の母である王妃に疎まれ、ひどく冷遇されているとか。わたしは、人混みの間から一瞬見ただけでしたが……、あの体つきと物腰からして、相当の剣の使い手だと思いました。『うつけ者』だという噂は、故意に流されているのか、それとも本人になんらかの理由があって、そう思わせているのかもしれません」

「…………」

イェラは、将軍の話をすべて信用したわけではありませんでしたが、

「なるほど。〈海竜商会〉とクワン王子。たしかにその二つは気になる要素だ。で、

わたしは何をすればいいのだ？」

と聞きました。

「はい。以上のことを、どうか王にお伝えいただきたいのです。この二つのことは、王に提出された、江南に関する報告書から削除されています」

「なぜだ？」

イェラは驚きました。

「定かではない噂や風評だから、と。しかし報告書を作った者は、いつも江南の、王族や役人や都の有力者としか接していません。〈海竜商会〉やクワン王子のことは、王妃やそれにつながるキノ一族にとっては煙たい存在です。あえて触れず、もし聞かれたとしても過小な評価しかしないでしょう。彼らがこの戦にどんな影響を与えるのか――。わたしの杞憂ならそれでもいい。だが、もしものときのために、万全を期していただきたいのです」

「そうだな。『もしも』のとき、その存在すら知らないのと、名前だけでも聞いて備えていたのとでは、まるで違う。わかった。父上に伝えてこよう」

「ありがとうございます！」

将軍は卓に頭をこすりつけんばかりに感謝しました。

「これで、肩の荷がおりました。安心して彼らを見送ることができます」

「そなたは戦に出ないのか？」

「はい。『若い者に道を譲ってやれ』と言われまして」

イェラは意外に思いました。将軍は頭に白いものが混じっていましたが、まだ現役を退く年ではなかったからです。

（ああ、そうか）

悔しさと諦めの混じったような将軍の表情から、イェラは察しました。

父は時々、率直すぎる将軍の意見を煙たがっていました。また、軍の幹部のなかにも、兵士の待遇改善をしつこく求める将軍と同調する者はいませんでした。

「この戦、誰もが巨山の圧勝だと信じています。みな領土や褒賞を得られるものだと。だが、そううまくいくか……」

クワン王子と〈商会〉次第か、とイェラは思いました。イェラは将軍に聞きました。

「もし、わたしがおまえの忠言を王に伝えず、そしておまえの懸念どおりのことが起こったら……。さぞ、胸がすく思いがするだろうな。『わたしの言ったとおりではないか』と」

　将軍はイェラの顔をじっと見つめました。

「姫さま。わたしにそんな喜びなど無用です。わたしの願いはただ一つ、すべての兵士が彼らの家に無事に帰ることだけです」

「……そなたを試すようなことを言って悪かった。さっそく、父に言ってこよう」

　イェラは将軍に詫びると、立ち上がってまっすぐに王のもとに向かいました。

　父王の部屋の前にいたのは、あの祖父の館にやってきた隊を指揮していた隊長でした。

「これはこれはイェラさま。どうなさいましたか？」

　にこやかに迎えた隊長の顔を見たイェラは、はっとしました。しかし、イェラがかける言葉を見つけるより早く、

「このたびは、わたしの甥が詫びのしようもないことを……」

　と、隊長が頭を下げました。

「そなたのせいではない。それにもう――すんだことだ」

　イェラは偽りなくそう思いました。

「王はいるか？」

「いらっしゃいますが、今はちょうど大臣と懇談中でございます。わたしがお伝えし

ておきましょう」

「では頼む」

イェラは伝言を頼みましたが、将軍の言葉が、王に届くことはありませんでした。

自分が王に伝えるべきことが、まったく伝わっていなかったことをイェラが知ったのは、巨山の兵士たちが王都を発つ直前でした。

（しまった。わたしとしたことが！）

タウム王子の叔父である隊長は、また、軍隊のなかでは将軍と敵対する立場でもありました。

イェラは父の重臣たちや軍人たちの、誰と誰が血縁で、どの派閥に属するかなどということを知りませんでした。友人もなく、人々の交友関係などに興味のなかったイェラは、その性格ゆえに墓穴を掘ったのです。

（知っておくべきだった。少なくとも知る努力をすべきだった）

イェラは深く後悔しました。自分の興味のないことは学ばなくてもいいなどという立場では、もうないのでした。

（もっともっと、わたしがいろいろなことに目を向けてさえいれば――！）

無力感に苛まれながら、イェラは兵士たちを見送る将軍に詫びました。

「すまない。直接伝えなかったわたしの落ち度だ」

「いいえ。わたしのほうこそ、直訴すべきでした」

二人は城門の上に並び、城の前から南へ発つ兵士たちを見送りました。

「ただの噂だと、願うしかないな。クワン王子と〈商会〉のことは……」

将軍はうなずきました。

「江南の秋は巨山よりずっと暑く、湿気も多い。彼らの装備は重すぎます。南国の食料や流行病のことも、ちゃんと教育されていればいいのですが――」

重い装備に身を包み、行進してゆく兵士たちを見送りながら、今はただ、彼らが無事にこの国に戻ることを、イェラは祈るしかありませんでした。

完　そして『天山の巫女ソニン（一）黄金の燕』へと続く

本書は二〇一二年三月に小社より単行本として刊行されました。

|著者|菅野雪虫　福島県南相馬市生まれ。2005年「ソニンと燕になった王子」で第46回講談社児童文学新人賞を受賞し、加筆改題した『天山の巫女ソニン１　黄金の燕』でデビュー。同作で第40回日本児童文学者協会新人賞を受賞。著作に『アトリと五人の王』（中央公論新社）、『星天の兄弟』（東京創元社）、『チポロ』『ヤイレスーホ』『ランペシカ』（すべて講談社）がある。ペンネームは子どものころから好きだった、雪を呼ぶといわれる初冬に飛ぶ虫の名からつけた。

天山の巫女ソニン　巨山外伝　予言の娘

菅野雪虫

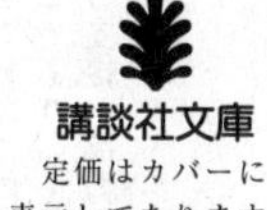

講談社文庫
定価はカバーに
表示してあります

2022年11月15日第１刷発行

発行者――鈴木章一
発行所――株式会社　講談社
東京都文京区音羽2-12-21　〒112-8001
電話　出版（03）5395-3510
　　　販売（03）5395-5817
　　　業務（03）5395-3615

Printed in Japan

KODANSHA

デザイン―菊地信義
本文データ制作―講談社デジタル製作
印刷―――株式会社KPSプロダクツ
製本―――株式会社国宝社

ISBN978-4-06-529889-3

講談社文庫刊行の辞

二十一世紀の到来を目睫に望みながら、われわれはいま、人類史上かつて例を見ない巨大な転換期をむかえようとしている。

世界も、日本も、激動の予兆に対する期待とおののきを内に蔵して、未知の時代に歩み入ろうとしている。このときにあたり、創業の人野間清治の「ナショナル・エデュケイター」への志を現代に甦らせようと意図して、われわれはここに古今の文芸作品はいうまでもなく、ひろく人文・社会・自然の諸科学から東西の名著を網羅する、新しい綜合文庫の発刊を決意した。

激動の転換期はまた断絶の時代である。われわれは戦後二十五年間の出版文化のありかたへの深い反省をこめて、この断絶の時代にあえて人間的な持続を求めようとする。いたずらに浮薄な商業主義のあだ花を追い求めることなく、長期にわたって良書に生命をあたえようとつとめるところにしか、今後の出版文化の真の繁栄はあり得ないと信じるからである。

同時にわれわれはこの綜合文庫の刊行を通じて、人文・社会・自然の諸科学が、結局人間の学にほかならないことを立証しようと願っている。かつて知識とは、「汝自身を知る」ことにつきていた。現代社会の瑣末な情報の氾濫のなかから、力強い知識の源泉を掘り起し、技術文明のただなかに、生きた人間の姿を復活させること。それこそわれわれの切なる希求である。

われわれは権威に盲従せず、俗流に媚びることなく、渾然一体となって日本の「草の根」をかたちづくる若く新しい世代の人々に、心をこめてこの新しい綜合文庫をおくり届けたい。それは知識の泉であるとともに感受性のふるさとであり、もっとも有機的に組織され、社会に開かれた万人のための大学をめざしている。大方の支援と協力を衷心より切望してやまない。

一九七一年七月

野間省一

講談社文庫　目録

田辺聖子 苺をつぶしながら
田辺聖子 不機嫌な恋人
田辺聖子 女の日時計
谷川俊太郎訳 和田誠絵 マザー・グース 全四冊
立花隆 中核VS革マル (上)(下)
立花隆 日本共産党の研究 全三冊
立花隆 青春漂流
高杉良 労働貴族
高杉良 広報室沈黙す (上)(下)
高杉良 炎の経営者 (上)(下)
高杉良 小説 日本興業銀行 全五冊
高杉良 社長の器
高杉良 その人事に異議あり〈女性広報主任のジレンマ〉
高杉良 人事権!
高杉良 小説消費者金融〈クレジット社会の罠〉
高杉良 小説 新巨大証券 (上)(下)
高杉良 局長罷免―小説通産省
高杉良 首魁の宴〈政官財腐敗の構図〉
高杉良 指名解雇
高杉良 燃ゆるとき
高杉良 銀行大合併〈短編小説全集(上)〉
高杉良 エリートの反乱〈短編小説全集(中)〉
高杉良 金融腐蝕列島 (上)(下)
高杉良 勇気凜々
高杉良 混沌 新・金融腐蝕列島 (上)(下)
高杉良 乱気流 (上)(下)
高杉良 小説 会社再建
高杉良 新装版 懲戒解雇
高杉良 新装版 大逆転!〈小説 三菱・第一銀行合併事件〉
高杉良 新装版 バンダルの塔
高杉良 第四権力〈巨大メディアの罪〉
高杉良 巨大外資銀行
高杉良 最強の経営者〈アサヒビールを再生させた男〉
高杉良 リベンジ〈巨大外資銀行〉
高杉良 新装版 会社蘇生
竹本健治 新装版 匣の中の失楽
竹本健治 囲碁殺人事件
竹本健治 将棋殺人事件
竹本健治 トランプ殺人事件
竹本健治 狂い壁 狂い窓
竹本健治 涙香迷宮
竹本健治 新装版 ウロボロスの偽書 (上)(下)
竹本健治 ウロボロスの基礎論 (上)(下)
竹本健治 ウロボロスの純正音律 (上)(下)
高橋源一郎 日本文学盛衰史
高橋源一郎 5と34時間目の授業
高橋克彦 写楽殺人事件
高橋克彦 総門谷
高橋克彦 炎立つ 壱 北の埋み火
高橋克彦 炎立つ 弐 燃える北天
高橋克彦 炎立つ 参 空への炎
高橋克彦 炎立つ 四 冥き稲妻
高橋克彦 炎立つ 伍 光彩楽土〈全五巻〉
高橋克彦 火怨〈北の燿星アテルイ〉(上)(下)
高橋克彦 水壁〈アテルイを継ぐ男〉
高橋克彦 天を衝く (1)~(3)
高橋克彦 風の陣 一 立志篇

講談社文庫　目録

講談社文庫　目録

講談社文庫　目録

辻村深月　冷たい校舎の時は止まる(上)(下)
辻村深月　子どもたちは夜と遊ぶ(上)(下)
辻村深月　凍りのくじら
辻村深月　ぼくのメジャースプーン
辻村深月　スロウハイツの神様(上)(下)
辻村深月　名前探しの放課後(上)(下)
辻村深月　ロードムービー
辻村深月　ゼロ、ハチ、ゼロ、ナナ。
辻村深月　V.T.R.
辻村深月　光待つ場所へ
辻村深月　ネオカル日和
辻村深月　島はぼくらと
辻村深月　家族シアター
辻村深月　図書室で暮らしたい
辻村深月　噛みあわない会話と、ある過去について
新川直司 漫画 辻村深月 原作　コミック 冷たい校舎の時は止まる(上)(下)
津村記久子　ポトスライムの舟
津村記久子　カソウスキの行方
津村記久子　やりたいことは二度寝だけ
津村記久子　二度寝とは、遠くにありて想うもの
恒川光太郎　竜が最後に帰る場所
月村了衛　神子上典膳
月村了衛　悪の五輪
辻堂魁　落暉に燃ゆる〈大岡裁き再吟味〉
辻堂魁　山桜花〈大岡裁き再吟味〉
フランソワ・デュボワ　太極拳が教えてくれた人生の宝物〈中国・武当山90日間修行の記〉
手塚マキと歌舞伎町ホスト80人 from Smappa! Group　ホスト万葉集〈文庫スペシャル〉
土居良一　海翁伝
鳥羽亮　金貸し権兵衛〈鶴亀横丁の風来坊〉
鳥羽亮　提灯斬り〈鶴亀横丁の風来坊〉
鳥羽亮　お京危うし〈鶴亀横丁の風来坊〉
鳥羽亮　狙われた横丁〈鶴亀横丁の風来坊〉
東郷隆 上田信 絵　【絵解き】雑兵足軽たちの戦い〈歴史・時代小説ファン必携〉
堂場瞬一　八月からの手紙
堂場瞬一　壊れる心〈警視庁犯罪被害者支援課〉
堂場瞬一　邪心〈警視庁犯罪被害者支援課2〉
堂場瞬一　二度泣いた少女〈警視庁犯罪被害者支援課3〉
堂場瞬一　身代わりの空(上)(下)〈警視庁犯罪被害者支援課4〉
堂場瞬一　影の守護者〈警視庁犯罪被害者支援課5〉
堂場瞬一　不信の鎖〈警視庁犯罪被害者支援課6〉
堂場瞬一　空白の家族〈警視庁犯罪被害者支援課7〉
堂場瞬一　チェンジ〈警視庁犯罪被害者支援課8〉
堂場瞬一　誤ちの絆〈警視庁総合支援課〉
堂場瞬一　傷
堂場瞬一　埋れた牙
堂場瞬一　Killers(上)(下)
堂場瞬一　虹のふもと
堂場瞬一　ネタ元
堂場瞬一　ピットフォール
堂場瞬一　焦土の刑事
堂場瞬一　動乱の刑事
堂場瞬一　沃野の刑事
土橋章宏　超高速！参勤交代
土橋章宏　超高速！参勤交代 リターンズ
戸谷洋志　Jポップで考える哲学〈自分を問い直すための15曲〉
富樫倫太郎　信長の二十四時間
富樫倫太郎　スカーフェイス〈警視庁特別捜査第三係・淵神律子〉

講談社文庫　目録

富樫倫太郎　スカーフェイスII デッドリミット〈警視庁特別捜査第三係・淵神律子〉
富樫倫太郎　スカーフェイスIII ブラッドライン〈警視庁特別捜査第三係・淵神律子〉
富樫倫太郎　スカーフェイスIV デストラップ〈警視庁特別捜査第三係・淵神律子〉
豊田　巧　警視庁鉄道捜査班〈鉄血の警視〉
豊田　巧　警視庁鉄道捜査班〈鉄路の牢獄〉
砥上裕將　線は、僕を描く
夏樹静子　新装版 二人の夫をもつ女
中井英夫　新装版 虚無への供物(上)(下)
中島らも　僕にはわからない
中島らも　今夜、すべてのバーで〈新装版〉
鳴海　章　フェイスブレイカー
鳴海　章　謀略航路
鳴海　章　全能兵器AiCO
中嶋博行　新装版 検察捜査
中村天風　運命を拓く〈天風瞑想録〉
中村天風　叡智のひびき〈天風哲人 箴言註釈〉
中村天風　真理のひびき〈天風哲人 新箴言註釈〉
中山康樹　ジョン・レノンから始まるロック名盤
梨屋アリエ　でりばりぃAge
梨屋アリエ　ピアニッシシモ
中島京子　妻が椎茸だったころ
中島京子ほか　黒い結婚 白い結婚
奈須きのこ　空の境界(上)(中)(下)
中村彰彦　乱世の名将 治世の名臣
長野まゆみ　簞笥のなか
長野まゆみ　レモンタルト
長野まゆみ　チマチマ記
長野まゆみ　冥途あり
長野まゆみ　45°〈ここだけの話〉
長嶋　有　夕子ちゃんの近道
長嶋　有　佐渡の三人
長嶋　有　もう生まれたくない
永嶋恵美　擬態
永井　均／内田かずひろ 絵　子どものための哲学対話
なかにし礼　戦場のニーナ
なかにし礼　生きる力〈心でがんに克つ〉
なかにし礼　夜の歌(上)(下)
中村文則　最後の命
中村文則　悪と仮面のルール
編/解説 中田整一　真珠湾攻撃総隊長の回想〈淵田美津雄自叙伝〉
中田整一　四月七日の桜〈戦艦「大和」と伊藤整一の最期〉
中村江里子　女四世代、ひとつ屋根の下
中野美代子　カスティリオーネの庭
中野孝次　すらすら読める方丈記
中野孝次　すらすら読める徒然草
中山七里　贖罪の奏鳴曲
中山七里　追憶の夜想曲
中山七里　恩讐の鎮魂曲
中山七里　悪徳の輪舞曲
長島有里枝　背中の記憶
長浦　京　赤刃
長浦　京　リボルバー・リリー
中脇初枝　世界の果てのこどもたち
中脇初枝　神の島のこどもたち
中村ふみ　天空の翼 地上の星
中村ふみ　砂の城 風の姫
中村ふみ　月の都 海の果て

西村賢太　藤澤清造追影
西村賢太　瓦礫の死角
西川善文　ザ・ラストバンカー〈西川善文回顧録〉
西川　司　向日葵のかっちゃん
西　加奈子　舞台
丹羽宇一郎　民主化する中国〈習近平がいま本当に考えていること〉
貫井徳郎　新装版 修羅の終わり(上)(下)
貫井徳郎　妖奇切断譜
額賀　澪　完パケ！
A・ネルソン　「ネルソンさん、あなたは人を殺しましたか?」
法月綸太郎　雪密室
法月綸太郎　法月綸太郎の冒険
法月綸太郎　新装版 密閉教室
法月綸太郎　怪盗グリフィン、絶体絶命
法月綸太郎　怪盗グリフィン対ラトウィッジ機関
法月綸太郎　キングを探せ
法月綸太郎　名探偵傑作短篇集 法月綸太郎篇
法月綸太郎　新装版 頼子のために
法月綸太郎　誰彼〈新装版〉

乃南アサ　不発弾
乃南アサ　地のはてから(上)(下)
乃南アサ　チーム・オベリベリ(上)(下)
野沢　尚　破線のマリス
野沢　尚　深紅
野村克也／宮本慎也　師弟
乗代雄介　十七八より
乗代雄介　本物の読書家
橋本　治　九十八歳になった私
原田泰治　わたしの信州
原田泰治／原田武雄　泰治が歩く〈原田泰治の物語〉
林　真理子　みんなの秘密
林　真理子　ミスキャスト
林　真理子　ミルキー
林　真理子　新装版 星に願いを
林　真理子　野心と美貌〈中年心得帳〉
林　真理子　正妻(上)(下)〈慶喜と美賀子〉
林　真理子　大原御幸〈帯に生きた家族の物語〉
林　真理子　さくら、さくら〈おとなが恋して〈新装版〉〉

林　真理子／見城　徹　過剰な二人
原田宗典　スメル男〈新装版〉
帚木蓬生　日御子(上)(下)
帚木蓬生　襲来(上)(下)
坂東眞砂子　欲情
畑村洋太郎　失敗学のすすめ
畑村洋太郎　失敗学実践講義〈文庫増補版〉
はやみねかおる　都会のトム&ソーヤ(1)
はやみねかおる　都会のトム&ソーヤ(2)〈乱！RUN！ラン！〉
はやみねかおる　都会のトム&ソーヤ(3)〈いつになったら作戦終了？〉
はやみねかおる　都会のトム&ソーヤ(4)〈四重奏〉
はやみねかおる　都会のトム&ソーヤ(5)〈IN塀戸〉(上)(下)
はやみねかおる　都会のトム&ソーヤ(6)〈ぼくの家へおいで〉
はやみねかおる　都会のトム&ソーヤ(7)〈怪人は夢に舞う〈理論編〉〉
はやみねかおる　都会のトム&ソーヤ(8)〈怪人は夢に舞う〈実践編〉〉
はやみねかおる　都会のトム&ソーヤ(9)〈前夜祭（内人side）〉
はやみねかおる　都会のトム&ソーヤ(10)〈前夜祭（創也side）〉
原　武史　滝山コミューン一九七四
濱　嘉之　警視庁情報官〈シークレット・オフィサー〉

濱 嘉之 警視庁情報官 ハニートラップ
濱 嘉之 警視庁情報官 トリックスター
濱 嘉之 警視庁情報官 ブラックドナー
濱 嘉之 警視庁情報官 サイバージハード
濱 嘉之 警視庁情報官 ゴーストマネー
濱 嘉之 警視庁情報官 ノースブリザード
濱 嘉之 ヒトイチ 警視庁人事一課監察係
濱 嘉之 ヒトイチ 画像解析〈警視庁人事一課監察係〉
濱 嘉之 ヒトイチ 内部告発〈警視庁人事一課監察係〉
濱 嘉之 新装版 院内刑事
濱 嘉之 新装版 院内刑事〈ブラック・メディスン〉
濱 嘉之 院内刑事〈フェイク・レセプト〉
濱 嘉之 院内刑事 ザ・パンデミック
濱 嘉之 院内刑事 シャドウ・ペイシェンツ
濱 嘉之 プライド 警官の宿命
馳 星周 ラフ・アンド・タフ
畠中 恵 アイスクリン強し
畠中 恵 若様組まいる
畠中 恵 若様とロマン

葉室 麟 風渡る
葉室 麟 風の軍師〈黒田官兵衛〉
葉室 麟 星火瞬く
葉室 麟 陽炎の門
葉室 麟 紫匂う
葉室 麟 山月庵茶会記
葉室 麟 津軽双花
長谷川 卓 嶽神〈上 白銀渡り〉〈下 湖底の黄金〉
長谷川 卓 嶽神伝 鬼哭(上)(下)
長谷川 卓 嶽神列伝 逆渡り
長谷川 卓 嶽神伝 血路
長谷川 卓 嶽神伝 死地
長谷川 卓 嶽神伝 風花(上)(下)
原田マハ 夏を喪くす
原田マハ 風のマジム
原田マハ あなたは、誰かの大切な人
畑野智美 海の見える街
畑野智美 南部芸能事務所 season5 コンビ
早見和真 東京ドーン

はあちゅう 半径5メートルの野望
はあちゅう 通りすがりのあなた
早坂 吝 ○○○○○○○○殺人事件
早坂 吝 虹の歯ブラシ〈上木らいち発散〉
早坂 吝 誰も僕を裁けない
早坂 吝 双蛇密室
浜口倫太郎 22年目の告白〈―私が殺人犯です―〉
浜口倫太郎 廃校先生
浜口倫太郎 AI崩壊
原田伊織 明治維新という過ち〈日本を滅ぼした吉田松陰と長州テロリスト〉
原田伊織 列強の侵略を防いだ幕臣たち〈続・明治維新という過ち〉
原田伊織 虚像の西郷隆盛 虚構の明治150年〈明治維新という過ち・完結編〉
原田伊織 三流の維新 一流の江戸〈明治は「徳川近代」の模倣に過ぎない〉
葉真中 顕 ブラック・ドッグ
原 雄一 宿命〈國松警察庁長官を狙撃した男・捜査完結〉
濱野京子 with you
平岩弓枝 花嫁の日
平岩弓枝 はやぶさ新八御用旅(一)〈東海道五十三次〉
平岩弓枝 はやぶさ新八御用旅(二)〈中仙道六十九次〉

講談社文庫　目録

平岩弓枝　はやぶさ新八御用旅(三)〈日光例幣使道の殺人〉
平岩弓枝　はやぶさ新八御用旅(四)〈北前船の事件〉
平岩弓枝　はやぶさ新八御用旅(五)〈諏訪の妖狐〉
平岩弓枝　はやぶさ新八御用旅(六)〈紅花染め秘帳〉
平岩弓枝　新装版 はやぶさ新八御用帳(一)〈大奥の恋人〉
平岩弓枝　新装版 はやぶさ新八御用帳(二)〈江戸の海賊〉
平岩弓枝　新装版 はやぶさ新八御用帳(三)〈又右衛門の女房〉
平岩弓枝　新装版 はやぶさ新八御用帳(四)〈鬼勘の娘〉
平岩弓枝　新装版 はやぶさ新八御用帳(五)〈御守殿おたき〉
平岩弓枝　新装版 はやぶさ新八御用帳(六)〈春月の雛〉
平岩弓枝　新装版 はやぶさ新八御用帳(七)〈寒椿の寺〉
平岩弓枝　新装版 はやぶさ新八御用帳(八)〈春怨 根津権現〉
平岩弓枝　新装版 はやぶさ新八御用帳(九)〈王子稲荷の女〉
平岩弓枝　新装版 はやぶさ新八御用帳(十)〈幽霊屋敷の女〉
東野圭吾　放課後
東野圭吾　卒業
東野圭吾　学生街の殺人
東野圭吾　魔球
東野圭吾　十字屋敷のピエロ

東野圭吾　眠りの森
東野圭吾　宿命
東野圭吾　変身
東野圭吾　仮面山荘殺人事件
東野圭吾　天使の耳
東野圭吾　ある閉ざされた雪の山荘で
東野圭吾　同級生
東野圭吾　名探偵の呪縛
東野圭吾　むかし僕が死んだ家
東野圭吾　虹を操る少年
東野圭吾　パラレルワールド・ラブストーリー
東野圭吾　天空の蜂
東野圭吾　どちらかが彼女を殺した
東野圭吾　名探偵の掟
東野圭吾　悪意
東野圭吾　私が彼を殺した
東野圭吾　嘘をもうひとつだけ
東野圭吾　赤い指
東野圭吾　流星の絆

東野圭吾　新装版 浪花少年探偵団
東野圭吾　新装版 しのぶセンセにサヨナラ
東野圭吾　新参者
東野圭吾　麒麟の翼
東野圭吾　パラドックス13
東野圭吾　祈りの幕が下りる時
東野圭吾　危険なビーナス
東野圭吾　時生(トキオ)〈新装版〉
東野圭吾　希望の糸
東野圭吾作家生活25周年祭り実行委員会　東野圭吾公式ガイド〈読者1万人が選んだ東野作品人気ランキング発表〉
東野圭吾作家生活35周年実行委員会 編　東野圭吾公式ガイド〈作家生活35周年ver.〉
平野啓一郎　高瀬川
平野啓一郎　ドーン
平野啓一郎　空白を満たしなさい(上)(下)
百田尚樹　永遠の0(ゼロ)
百田尚樹　輝く夜
百田尚樹　風の中のマリア
百田尚樹　影法師
百田尚樹　ボックス!(上)(下)

2022年9月15日現在